T0400323

Gran Angular

No es tan fácil saltarse un examen

Luchy Núñez

Premio Gran Angular 1998

sm

Primera edición: mayo 1999
Decimotercera edición: marzo 2010

Dirección editorial: Elsa Aguiar
Imagen de cubierta: Chris Windson / Tony Stone

Impresores, 2
Urbanización Prado del Espino
28660 Boadilla del Monte (Madrid)
www.grupo-sm.com

ATENCIÓN AL CLIENTE
Tel.: 902 12 13 23
Fax: 902 24 12 22
e-mail: clientes@grupo-sm.com

ISBN: 978-84-348-6618-8
Depósito legal: M-5.463-2010
Impreso en España / *Printed in Spain*
Gohegraf Industrias Gráficas, SL - 28977 Casarrubuelos (Madrid)

«El dolor con el que hoy te debates es el fundamento de cierto avance a través de los cielos. Puedes huir de él, pero nunca puedes decir no. Incluye a todo el mundo».

AMY TAN, *Los cien sentidos secretos*

Nadie se basta a sí mismo para escribir un libro. En *No es tan fácil saltarse un examen* me han ayudado:

Clara Patricia, mi hija mayor y mi periodista y correctora particular; el latiguillo machacón de mi segunda hija, Beatriz Eugenia: *Tú no te desanimes y escribe, mamá;* el lenguaje y la estética de Constanza, mi hija menor, y de sus innumerables amigos y amigas;

Yolanda Espinosa, que un atardecer de mayo se desasió de tubos, máquinas y sueros, y se llevó sus veinte años al silencio. No obstante, en el último capítulo no hay palabra, expresión o imagen que ella no me haya dictado;

el jurado, compuesto por Eduardo Alonso, José Antonio Camacho, Javier Cortés, María Jesús Gil, Ignacio Martínez de Pisón y Amparo Medina-Bocos, cuyos votos condujeron mi novela hacia la editorial;

mis editores, sin cuya ayuda no hubiera sido posible la realización de este libro que ahora tienes en las manos;

Begoña Oro Pradera, quien ha sabido atemperarme con sus tachaduras en lápiz, su suave paciencia y su actitud vital;

la luna y el mar de esta novela no son de mi invención. Existen en mi corazón y los llevo concienzudamente serigrafiados por Tarragona, la tierra litoral en que he nacido.

A todos ellos, gracias.

Y, por encima de todo, gracias a Quien sembró en mí la inquietud de escribir. Gracias por vivir, muchas gracias por estar aquí.

En el mismísimo borde de Dios

Mi madre estaba en el comedor, sentada en el sillón junto a la ventana. Tenía el *Hola* abierto sobre la falda. Las otras revistas se le habían caído por el suelo, cerca de ella. A primera vista te daba la impresión de que acababa de echar una cabezadita, pero su cara no denotaba sueño, sino una paz profunda, bestial. Nunca antes me había topado con una expresión de serenidad como aquélla. De mi madre se podrá decir de todo menos que es una mujer serena.

Fuera, el sol declinaba recortándose contra la ventana como en un decorado cutre del salón de actos del colegio. No obstante, verlo ahí, como una brasa al alcance de la mano, enrojeciendo el perfil de mi madre, su pelo enlacado, la patilla de las gafas colgada en la oreja derecha y el terrible atuendo de estar por casa, no resultaba, para nada, pero para nada, cutre. Más bien parecía un cuelgue de otra dimensión.

Dejé los apuntes sobre la mesita del teléfono y me acerqué a su cara. Imposible describirla con palabras. La frente se le había alisado y los ojos reposaban lejos, lejísimos. O muy cerca, qué más da. Donde quiera que estuviesen, habían llegado al lugar definitivo, más allá de las alegrías y de las tristezas. Al final de la lucha y del morbo.

En el mismísimo borde de Dios.

Con eso lo digo todo.

Las cosas estaban quietas, el mundo también. El parpadeo de mi madre se había detenido y, con él, todo el comedor, incluso las típicas motitas de polvo que flotan en haces luminosos por el aire habían quedado estáticas. Yo, que entraba para telefonear a la Vero, también me paré de sopetón. Por un instante creí que alguien nos había encantado, hasta que descubrí que el encantamiento venía de dentro de mi madre. Y le dije —para ser más exactos, me oí decir— que todo estaba muy guay.

—Todo está muy guay, mamá —y me senté en el brazo del sillón.

Su reloj de pulsera marcaba las cinco y veinte. Había sido un día claro, con un sol centelleante sobre un mar espléndido y calmado. Hacía poco que habían adelantado la hora.

—Sí, hija, todo está muy bien tal y como está —me contestó, sin volver los ojos hacia mí.

Mi madre y yo respirábamos juntas. Éramos una misma respiración y un mismo latido. Y hubiera sucedido así con cualquiera que entrara en aquel instante. Hasta con Roger, lo sé. Porque se había detenido el tiempo. O habíamos escapado de él.

—Es perfecto, *mother,* perfecto.

No recuerdo más, sólo que, por un rato, estuvimos conectadas a aquel silencio hondo y ya ni llamé a la Vero ni nada.

Al entrar en mi cuarto, se esfumó el sol lo mismo que si alguien hubiese soplado una cerilla, o el Chulo hubiese dado su carpetazo de fin de lite. ¡Plas!, la oscuridad. Encendí el flexo, pero pasaba de empollar.

Entonces, me vino a la cabeza algo de lo que mi madre y yo habíamos estado hablando días atrás, mientras veíamos un reportaje sobre la menopausia en *Informe Semanal.* Nos pasaban por los morros estadísticas de suicidios, enfermedades cardiovasculares, depresiones, osteoporosis, anginas de pecho, ¡la leche! Yo la miraba de reojo, completamente concentrada en su crucigrama, con sus gafas colgadas de una oreja. Es miope total y para ver de cerca se las quita, al contrario de todas las personas de su edad. Normalmente me pone a cien que se cuelgue las gafas de una oreja, pero esa vez, en lugar de cabrearme por ello, me fijé en el bultito de su nuca, en sus hombros caídos y estrechos, en que estaba tan acurrucadita en su sillón, y me llené de remordimientos. Mi vieja parecía tan hecha polvo como cualquiera de aquellas mujeres cansadas, para tirar, que salían en *Informe Semanal.*

—¿De verdad es tan fastidiado el rollo ese de la menopausia? —le pregunté.

—Tampoco es que la adolescencia sea muy allá, ¿no?

—Psé.

—Lo importante en cualquier edad es estar bien informados para poder afrontar lo que se presente.

—Qué mierda, ¿no? ¿Por qué siempre tenemos que ser las mujeres? Quiero decir que los hombres también tendrán sus conflictos...

En aquel momento entraba Jaime, trayendo en la ropa olor a frío de la calle.

—*Sacstamente,* pero nos da corte hablar de ellos. Bueno, ejem, a mí no me da corte. Vos sabés, madre mía, que vuestro hijo es un personaje holístico.

A mamá no le gusta ni poco ni mucho el rollo de Jaime. No lo entiende y lo llama palabrería. Ella dice que hay que saber escuchar, pero lo cierto es que escucha a todo el mundo menos a sus hijos. Yo, en cambio, podría estarme tardes enteras, días enteros, semanas enteras escuchando a mi hermano Jaime. Cuando suelto alguna de sus paridas en el cole, tengo un éxito total. Nunca me falla.

Mamá se puso las gafas para concentrarse en la caja tonta, pero como Jaime no paraba con sus teorías de que los hombres deben llorar y mostrar lo femenino que llevan dentro, cogió el mando a distancia y subió el volumen. Entonces, Jaime se fue a cenar o a su cuarto, o a lo que sea, y a mí me dio por darle al tarro con que las personas somos tan complicadas que lo raro y lo chungo es entendernos. En nuestra familia, por poner un caso, estaba mi madre, viuda, menopáusica y asqueada del curro; luego estaba Roger, todo el día tirado en la cama, que no hablaba con nadie y que entraba y salía de casa cuando le daba la gana; estaba Jaime con sus cosas raras y femeninas, que yo no encontraba raras pero que a mi madre le daban tres patadas. Y estaba yo, a su lado una mocosa, una caca de adolescente a la que llamaban «nena» y a la que seguirían llamándoselo para los restos de los restos. No tenía mucho en común con ningún miembro de mi familia y, como siempre que pensaba eso, me cabreaba con mi madre por haber tenido el desliz de traerme al mundo tan descolgada, cuando mis hermanos ya se afeitaban, o casi.

Eso lo he pensado muchas veces, y aún me como la olla, pero la tarde en la que entré en el comedor y la vi desprendiendo paz por todos los poros de su cara, tuve otro pensamiento. El de que, sea cual sea nuestra edad y sexo, las personas, si quisiéramos, si quisiéramos, ¿eh?, podríamos entendernos y llevarnos fenomenal. Lo único que se necesita es sentir paz por dentro.

Lo que no me queda claro, todavía, es si la paz nos llega cuando se arreglan nuestras relaciones o nuestras relaciones se arreglan cuando tenemos paz. Para mí que es lo segundo, pero aún debo pensar mucho más en el tema.

Volviendo a aquella tarde, en el momento en que el sol se fue y encendí el flexo de mi habitación, decidí que escribiría sobre las relaciones, la familia, los roles, las generaciones y la paz. Esto fue el año pasado, en segundo, y aún no me había puesto manos a la obra. Me cuesta mogollón descender del mundo de los sueños al mundo del curro.

Esta semana, el Chulo nos ha propuesto dos opciones a los de ciencias mixtas:

a) Pasar el examen final de lite, con teoría, comentario de texto y práctica de métrica.
b) Escribir una novela de ochenta a cien páginas, de tema libre.

Sin embargo, el verdadero motivo de que me haya puesto ya, hoy mismo, manos a la obra, ha sido este otro: mi madre y yo acabamos de tener una bronca morrocotuda porque estoy emperrada en hacerme un *piercing* en la ceja, en la nariz o en el labio de abajo, no lo tengo muy claro todavía. Y que dé gracias porque no me hace ilusión en la lengua, que si no...

Según ella, ya ha transigido bastante con permitir que me perforen cinco veces una oreja y tres la otra.

—¡Ni el labio ni la ceja ni la nariz! ¿Me oyes? ¿Me oyes bien? ¡Ni el labio ni la ceja ni la nariz! ¿Me has oído?

—¿Y en el ombligo? ¿En el ombligo sí que puedo? —reconozco que se lo pregunté con bastante cachondeo.

Hacía tiempo que no la oía gritar tanto. Ni punto de comparación con la última bronca de Roger cuando fardaba de *skin-head*. Yo iba cerrando las ventanas y ella las iba abriendo para que la oyeran los vecinos, seguro. Al final las he dejado abiertas y me he ido a tocar la eléctrica de Jaime con el sonido distorsionado y el amplificador a tope. Al cabo de un buen rato, como no se oían más gritos, ni nada, he ido a espiarla. La he descubierto sentada en la cama con una mano en el cuello y la otra en la frente e inclinándose hacia adelante como si tuviera un retortijón de tripas.

—Mamá —me daba cosa entrar en su cuarto.

He llamado flojito, sin atreverme a más... Después de la de barbaridades que nos hemos dicho... No me ha oído. En uno de sus balanceos ha visto mi sombra en el suelo y se ha sobresaltado.

Me he acercado hasta ver su cuello y su cara congestionados por un sarpullido, y ha reventado a llorar. He puesto mis manos en sus hombros, pero, igual que si la hubiese pinchado, se ha levantado en busca de los *kleenex*. Ha estado un ratito en el cuarto de baño, mientras yo esperaba delante de su cama, frente al hueco que había dejado en el edredón.

A la vuelta, sus ojos, rojos y arrugados como las ñoras que echa en la salsa romesco, miraban muy dentro de mí. Jo, nada que ver con aquellos otros que desprendían paz una tarde de noviembre.

Me ha asustado su erupción, un golpe de sangre que le subía por el escote y el cuello hasta el nacimiento del pelo. De alguna manera, el bombeo de su corazón se ha disparado con el disgusto.

¿Cuál es la relación entre la química y lo mental? Mi madre, ¿puede tener una subida de tensión, un derrame, un paro cardiaco por culpa de un disgusto? ¿O, al revés, los cambios hormonales y químicos de su cuerpo son el caldo ideal para que su mente se dispare, pierda el control y se disguste por paridas? ¿Dónde está la libertad de las personas si dicen que seguimos comportamientos típicos para cada edad, la niñez, la adolescencia, la crisis de los cuarenta, la menopausia?

En algún lugar tendremos, digo yo, un trocito nuestro, aunque sea muy pequeño, donde seamos libres, donde podamos elegir cambiarnos a nosotros mismos. Entonces, he recordado que yo lo experimenté aquella tarde junto a ella. Duró poco, igual no fue más que un instante, pero después de lo que sentí, apuesto por ello.

Hacía tiempo que no habíamos tenido una enganchada semejante. Ella tiene otro tipo de disgustos con mis hermanos. Con ellos, o ha tirado la toalla o es lo de la aceptación que nos explicó la Acelga. Pero en lo que a mí respecta, estoy decidida a que no haya más trifulcas en casa. Por si acaso, no lo juro, soy realista, pero se me ha ocurrido un plan guay para lograrlo. Escribiré las relaciones de mi familia, rastrearé mi historia como se sigue la cuerda de un laberinto, comprobando a cada poco que, a pesar de la desorientación, la ignorancia y los cabreos, estoy en el camino correcto. Y, de paso, me ahorraré el megaexamen del Chulo.

Yo, de las cosas de la vida, ni flowers

BOLLO se le ha declarado a Marta y Marta le ha dicho que sí. Su problema verdadero no era decirle que sí o que no, sino que no sabía besar. Y va y me pide consejo a mí porque tengo fama de saber más que nadie de las cosas de la vida. Me meo de risa, me parto el pecho, porque yo, de las cosas de la vida, ni *flowers*. Para mí que me han colgado el sambenito porque me gusta leer y utilizar frases chulas que me apunto en la libretilla.

—Jope, de ésta sí que no me escapo. Se dará cuenta de que no me he morreado con nadie. Pensará que soy una criaja —Marta se mordía los padrastros—. Seguro que Bollo es un experimentado que te cagas. Tiene casi veinte años.

De pronto me acordé de una frase guay que había oído en una tertulia de la radio. Le pedían consejo a un escritor para los niños y niñas que quisieran ser escritores. ¿Qué tenían que hacer?

Le solté el rollo a Marta y quedé fenomenal.

—A jugar se aprende jugando, a amar se aprende amando y a escribir se aprende escribiendo. La vida se aprende viviendo. Y con los morreos, lo mismo.

Aterrizamos en El Avispero. Estaban todos, incluidos Marc y su inseparable Tito, con Guti, de la B. Marta se mordía los padrastros, en parte por nervios y en parte porque no estaba a gusto con el nuevo tono de su pelo. La tarde se presentaba aburrida y a mí se me ocurrió una de mis brillantes ideas.

Tito está colgadísimo de Marta desde primero. Cuando apareció por el colegio rebotado del instituto, no sabía ni menearse por los pasillos. Para hacerse el que estaba de vuelta y media de todo, no se le ocurrió otra cosa que liarse un porro en la clase del Pasmao y casi le cuesta la expulsión. Después se supo que era picadura de la pipa de su abuelo y que lo había hecho para fardar. Cuando volvió del despacho de la tutora, quería aparentar que no le había afectado, pero traía los ojos como cebollas. Marta fue la primera que se le acercó.

—¿Quién te había dicho a ti que un colegio de monjas es igual que un insti?

Desde entonces ya no se ha vuelto a separar de ella. La acompaña a la biblioteca, le lleva la mochila si hay gimnasia, le trae ensaladas del *Pans & Company* cuando se queda al mediodía en el patio del colegio, le hace la cola en las *Guarras*. Por todo eso, y más, se me ocurrió la peregrina idea de que aprendiera a besar con Tito.

Al principio, Marta no lo veía muy claro. Abrió de par en par sus tremendos ojos azules. Parecía una lechuza, la verdad, con su melena lila y los ojos así. Pero enseguida dejó de participar en la conversación del grupo y se olvidó de sus padrastros para dedicarse a Tito. Al final se lo llevó a dar una vuelta por la zona peatonal.

Nos quedamos Jana, la Vero, el Guti y yo, nadie más porque Marc, que sin Tito no es nadie, se largó a la biblioteca. Acompañamos a la Vero a su casa y el Guti se vino con nosotros.

Por el camino me enteré de que la Vero admira a mi madre. Dice que lo bueno de ella es que no va de borde, sino que es borde y no lo disimula. Jo, cómo se pasa la Vero.

A mí, en cambio, la suya me parece guay, de las antiguas que hacen muchos guisos y se sientan a ver la tele con toda la familia. Sin molestar. Además es tan pequeñita y gordita que dan ganas de darle palmaditas por todas partes. Pero no se lo dije, claro, porque hubiera sido tanto como llamarla marujona. Y, hoy en día, ya se sabe, a una mujer puedes llamarle cualquier cosa menos marujona.

Jana nunca habla de su familia. Su madre vuelve a estar ingresada. Para mí, lo que más mola es lo del Guti, que es hijo de separados, y si se cabrea con uno se larga con el otro. ¡Vaya morrazo!

Cuando entré en casa, la mía no había vuelto todavía de currar y Roger seguía tumbado en su cama. Se había quitado las botas y el tufillo llegaba hasta el recibidor. No entiendo como Sión le aguanta. Los gatos deben de carecer de olfato.

Antes de irme a dormir telefoneé a Marta. Estaba en el baño, pero mandó a su hermana a decirme que la cosa había salido guay. Supuse que Tito y ella habrían practicado. Al colgar tenía un regusto amargo en la boca y me tranquilicé a mí misma con el argumento racional, como lo llama la Acelga, de que los besos nunca son malos y siempre hacen bien. Pero, más adentro y profundo de lo racional, algo me decía que los besos sin amor son un timo y engañan a quien los da y a quien los recibe.

—Lo único que siempre hace bien es el amor.

Hablé en voz alta, como siempre que trato de justificarme a mí misma. También hablo en voz alta cuando me viene a la cabeza alguna frase célebre. Antes de entrar en la cocina, me paré en el espejo del pasillo y me dije a la cara:

—Al menos, lo de Tito le ayudaría a ir más segura con Bollo.

—¡La nena se ha vuelto majara! —Jaime estaba a dos pasos de mí, riéndose en mis narices.

—¡Y tú eres un espión de mierda!

La Vero no sabe lo bien que está sin hermanos y con una madre así, que se lo hace todo, hasta guardarle las braguitas y los sostenes en el cajón de la muda. Y sin rechistar.

En la clase de cristalografía, Marta me mandó una nota: «Hubiera podido pasar de la clase práctica con Tito. Bollo no me besó. Me cogió por la cintura dos veces; una para cruzar la calle y la otra para cederme la parte de dentro de la acera. ¡Le idolatro!».

El desastre sobrevino cuando el Pasmao me pidió que le entregara la nota. Yo me levanté muy pausadamente y me acerqué a la tarima a cámara lenta. Tito me miraba con los ojos del primer día de curso, los de novato, y Marta temblaba tanto en su asiento que se oía el rechinar de sus dientes y de las patas de la silla. Marc ponía esos ojos de pena que pone cuando habla de los presos. Hasta Alba se quitó las gafas y se dignó concederme su atención. El silencio de la clase se podía cortar con unas tijeras de podar. Al llegar a la tarima, me dirigí a la papelera y rompí la nota en trocitos del tamaño del confeti, siempre a cámara lenta. Mientras regresaba a mi sitio, me sentía de dos maneras opuestas: una heroína y una tía cagada de miedo. Qué digo miedo, ¡pánico!, eso es. Cuando el Pasmao me expulsó de la clase, ya sólo me quedaba el pánico; del heroísmo, ni rastro.

Es muy chungo eso de tener remordimientos

AYER por la tarde me encontré encima de la cama una caja macrogigante. Mi madre se ha descolgado con el regalo del cumple, me lo debía: un edredón, cojines y cortinas haciendo juego. ¡Una horterada! Lo que más odio en esta vida es un edredón con volantes. Lo sabe perfectamente, se lo he dicho tropecientas veces, que odio las colchas con volantes. ¡Es de un cursi la mujer!

Ya no pude estudiar ni concentrarme en nada, ni siquiera en mi novela recién empezada. Sólo en mi cabreo sordo. Y son los peores porque te retumban dentro de las sienes y no puedes ni desahogarte. Sientes una rabia terrible, te va creciendo como la nata montada, pero no te sale fuera ni a la de tres, supongo que porque no estás muy convencida de tener toda la razón. (No, ni *poko*.)

Era el día del espectador y mi madre venía del cine, feliz de la vida ella. Yo estaba duchándome y se sentó sobre la tapa del váter a explicarme la película: *Siete años en el Tíbet*. Se me comían las ganas de gritar que me dejara en paz y se largara por ahí a cualquier parte, a la cocina mismo. Sólo podía pensar en que me había jorobado mi regalo de cumple. No estaba yo para escuchar sus interpretaciones superespirituales de la película. Me puse a enjabonarme igual que si restregase una sartén con el nanas. Por dentro pensaba «vete a la mierda, vete a la mierda, vieja bruja», pero por fuera tarareaba *Wonder wall*. Se levantó del váter, frotó el vaho del espejo y se miró la cara de un perfil y de otro. Siempre lo hace así, es por si le quedan clapas en el crepado del pelo.

—Date prisa, que vamos a cenar, María.

Antes de meterme debajo del agua caliente, le solté en voz alta:

—No se le hace eso a una persona.

—¿Qué?

—¡La habitación es mía!

—No te entiendo.

Me la quedé mirando. Parecía más fresca que una lechuga.

—No te enteras de nada. ¡No me escuchas nunca! ¡No me pienso poner ese edredón con volantes ni esas cortinas! ¡Y que conste que quería cuadros, pero no ésos!

Con el agua caliente, sentía unos aguijonazos increíbles en la oreja porque sólo habían pasado tres días desde el último *piercing* en el lobanillo o como diablos se llame. (Acerca del reborde ese de la oreja, le he oído al Chulanganas mogollón de sinónimos: cartílago, landrecilla, rebaba, lobanillo, tendoncillo, turgencia, excrecencia... Bufff.)

—¿Ya lo han traído? Dijeron que no llegaría hasta el viernes.

—Sí señora, está encima de mi cama.

—Lo compré con la condición de que si no te gustaba lo cambiaríamos. Guardo el tique.

—No señora, no es tan sencillo. A ver, ¿por qué lo compraste con volantes si yo te había dicho que sin? Además, ¿no habíamos quedado en que te acompañaría?

—Ya, pero estaba segura de que te gustaría. De todas formas, no pasa nada, se cambia y en paz.

—¡En paz no, en paz no! ¿Cómo voy a estar en paz si no me escuchas?

—¡Bueno, ya está bien! ¡Para el carro!

—Para ti es fácil. Te crees que puedes acabarlo con un «¡bueno, ya está bien!». Pues no, porque no aciertas ni una.

—Pero ¿me quieres decir dónde está la complicación?

—¡En todo, la complicación está en todo, para que te enteres!

—María, ¡tengamos la fiesta en paz! ¿Vale?

No se me pasaba el cabreo, no señor. Seguía ahí, dentro de mí, hinchado como una gomaespuma, y parecía incordiarme sólo a mí, a nadie más. Ya ni siquiera estaba muy segura de que estuviera dirigido contra alguien o algo. Era una cosa mía, como un grano, y punto. Los pinchazos en la oreja me llegaban hasta el ojo, recordándome que mi madre, al final, casi siempre acaba por tener razón. Pero yo quería llegar hasta el fondo, salpicar a todo el mundo con aquella mierda de rabia que tenía dentro de mí.

—Esto no se le hace a una persona, y a una hija menos.

El ambiente del baño se saturó de un silencio casi tan denso como el vapor de agua que empañaba el alicatado y los espejos.

—Mira, hija, tu madre no te ha comprado un regalo para hacerte daño, ni para hacerte sufrir, de eso puedes estar segura.

Salió del cuarto de baño cerrando con suavidad.

—¿Por qué chilláis como grajas las dos?

Como siempre, Jaime quería enterarse del motivo de la discusión. Roger, también como siempre, pasaba de todo, hasta de levantarse de la cama.

—Por nada, hijo —contestó mi madre, y se largó para la cocina diciendo que iba a preparar la cena.

Ya ni música, ni baño, ni cabreo. Sólo los pinchazos de la oreja y los remordimientos. Es muy jorobado esto de tener remordimientos por una madre. No te deja vivir a gusto.

Cuando discutimos en plan a ver quién gana, vale, pero cuando se hace la tranquila o la incomprendida, me entra un malestar que me dura la tira de días. Ayer hubiera querido escribir todo esto y no fui capaz. Y aún me cuesta, jo. Yo no soy de las que piden perdón fácilmente. Me va más cambiar de comportamiento y esperar a que a ella se le olvide. A veces se le pasa rápido, a veces no, según.

Después de secarme el pelo, me acerqué con la bandeja de la cena al comedor.

—¿A que Brad Pitt está buenísimo?

—Muy bueno, sí —me contestó Jaime.

Mi madre ni abrió la boca ni despegó la vista de la tele. Ni siquiera le puso cara de asco a Jaime, como tiene por costumbre cuando suelta una de sus paridas. Esta vez va para largo. Y es una auténtica caca porque he probado el edredón y no está mal. Marta y la Vero dicen que mola más con volante que sin volante, y ahora ya no sé si me apetece cambiarlo.

Con este de hoy, ya tengo dos capítulos de mi novela. Eso sin contar la introducción. Si escribo a una media de cinco folios al día, en veinte días ya tengo cien folios. ¡Una novela de cien hojas! Hay escritores que le dan mucha importancia a su sufrimiento ante el folio en blanco. ¡Pues no hay para tanto!

También es posible que escribir la propia vida sea más fácil que hacerlo sobre aventuras y sentimientos de otras personas. Aunque dice el Chulo que las primeras novelas suelen ser autobiográficas. La suya, desde luego, lo es. La verdad es que como escritor no ha logrado engañar a nadie de la clase. Por mucho que disfrace los argumentos, los nombres y las situaciones, a todos nos suena lo que escribe. Es como si conociéramos a los personajes. Él dice que el artista, como el caracol, siempre deja su rastro por donde pasa.

—El escritor sólo puede modelar y remodelar la sustancia de su experiencia. Como si no estuviera conforme con las situaciones vividas y las cambiara. Pasó esto, pero podría haber pasado esto otro. O sucedió así, pero bien mirado podría haber sucedido asá. O yo lo interpreté de esta manera, pero también hubiera podido interpretarlo de esta otra.

También dice que, aunque escribiera una novela de aventuras, por ejemplo montándoselo para contar historias de piratas, los sentimientos, las emociones, las reacciones saldrían de su misma experiencia, de su alma. Serían sus propios sentimientos y emociones, diseminados por los personajes.

Supongo que son cosas que iré descubriendo a medida que avance en este lío en que me he metido yo sola, uf.

Una preocupación que tengo es si la vida de mi familia y mía tendrá gancho. O sea, si resultará una especie de birria en la que no pase nada importante, original. Como diría el Megachulo, si no será «demasiado descriptiva en lugar de narrativa». Poca acción, vaya.

El martes nos explicaba que el mayor reto de una novela es que el lector crea con los ojos cerrados lo que se cuenta en ella. Y si se logra, quiere decir que está bien. Por ejemplo, si se escribe que el protagonista va a echarle de comer a un elefante a rayas azules y lilas que está durmiendo en un nido de cigüeñas, y uno se queda con la película de que existe un elefante así, sin dudarlo, es una buena novela.

Entonces yo veo que, en mi caso, tendré que rizar el rizo. Lo que es real tiene que parecer novela para que no parezca un diario íntimo. Y luego me saldría con el rollo ese de la literatura femenina, de la que tanto se cachondea el Chulo. De ahí le viene al señor el mote, porque se lo sacamos las chicas, que conste. Todo este asunto de la novela me parece complicadísimo, y creo que no tendré más remedio que preguntarle a ver si lo pillo un poco más.

Nos han pasado la lista de opciones para la Enseñanza Artística Técnico Profesional (EATP y acabamos antes) de este segundo trimestre. A mí me gustaría escoger Justicia y Paz, aunque nada de voluntariado con ancianos, sino con niños disminuidos o conflictivos. Pero me lo pensaré muy bien, porque algunos se piran con este tipo de trabajos y cuando acaba el trimestre se reenganchan, o sea que se apuntan al voluntariado, y con esto no estoy refiriéndome a nadie en especial. Pero en la explicadera todo el mundo sabe lo de Marc. Empezó con niños conflictivos de las barriadas y de ahí se lió con los padres, que todavía eran más conflictivos que los hijos y entraban cada poco en el talego. Él dice que se lo propuso el capellán de la cárcel, y yo me lo creo, y además me parece muy bien, perfecto, salvo que siempre está hablando de la cárcel por aquí, el talego por allá.

Si Marta y la Vero se apuntan a teatro, a lo mejor me apunto con ellas. Porque, desde luego, paso de informática y de dibujo técnico. Me gustaría volver a laboratorio, pero ya nos advirtió el Pasmao que no se puede repetir.

El Pasma le ha puesto a Rosa María un sobre en cristalografía. ¿Puede ser posible un enchufe tan a la descarada? Vaya morro que tienen los dos.

El lenguaje lo trastoca todo

Mi madre tenía hora en el seguro para una mamografía, así que Jaime y yo hemos comido en el chino de abajo.

La cama de Roger estaba sin deshacer, no ha dormido en casa. Me da un cague imaginármelo por ahí, en moto, todo tirao como de costumbre...

—¿Mamá lo sabe? —le pregunto a Jaime.

—Supongo.

A veces, bueno, muchas veces, Jaime me provoca un desbarajuste de adrenalina que es demasiado. Parece que no pertenezca a esta familia. Estoy harta de él, de Roger y de mi madre. O sea, de todos. Acabaré pasando de verdad, pero de verdad de verdad, de todos ellos.

—¿Cómo puede ser que no haga algo con Roger, con la caña que tiene para según qué?

—¿Qué quieres que haga?

—Avisar a la policía, aunque sea.

—Lo más seguro es que un día de éstos la policía la vuelva a avisar a ella.

—¿Y la burra? ¿Has ido al garaje a ver?

—Me juego lo que quieras a que no está.

Hemos pedido el menú de 750 pesetas para repartir entre dos: pan chino, arroz cantonés, pollo al curry, plátano frito y chupito.

He comido a cuatro carrillos, seguramente para olvidarme de Roger. Para que, sea lo que sea lo que le haya sucedido a mi hermano mayor, me pille con el estómago bien lleno.

En la mesa de al lado se ha sentado un chico que estaba buenísimo. Hemos ligado a distancia. Le acompañaba un carroza con pintas de padre elegante al estilo del de Rosa María.

Todo iba bien hasta que Jaime, borde como él solo, va y me pregunta que qué miraba.

—Al tío que está detrás de ti, está como un pan.

Jaime se ha vuelto justo cuando el otro nos estaba mirando.

—¡Qué pillada! ¡Te cagas!

—¿Por qué tienes que ser tan basta?

—¿De qué me vas, tío? Yo creía que tú y yo teníamos el mismo lenguaje.

—Hay que saberlo usar en los momentos oportunos.

—Ya, como tú.

—Eso es, y trata de no gritar, ¿quieres?

—Hablas por boca del Chulo. Te las das de filólogo y aún estás digiriendo la leche que mamaste en el cole.

—Estoy hablando por boca mía.

A partir de ahí ya hemos comido en silencio. El tío bueno se ha largado en medio de nuestra discusión sin que nos diéramos cuenta.

—Los quiyos y los colgaíllos hablan lo mismo en todas partes porque no tienen otro registro. Y los pijos hablan siempre como pijos porque tampoco tienen otro registro, ¿captas la diferencia?

—Ahora en serio, oye, ¿tú de qué me vas?

La lección me la sé para un sobre. Se la he oído al Chulo demasiadas veces. Incluso ha escrito sobre ello en el *Matinal*.

Es de los típicos de *El dardo en la palabra,* o del *Libro de estilo del ABC.* Publica un artículo con cuatro paridas de lengua y se queda tan ancho. Su teoría es que la lengua es algo vivo y creativo, que evoluciona por sí misma, a pesar de las normas. Luego viene el ejemplito del río: la lengua es un río con muchos afluentes. Se debe nadar a favor de la corriente, aunque, por conveniencia, uno se puede desviar por el afluente que más le convenga, sin olvidar el cauce principal del río, que es el más seguro y el más caudaloso. Según él, los afluentes serían los modismos, los argots, las muletillas, los chelis, las palabras que nos inventamos los jóvenes, cómo no. Si hablas con un carroza has de utilizar un lenguaje distinto al que usas con un colega. Y así hasta mil diferencias (perdón, afluentes). Lo que nadie se atreve a preguntar al Chulo es por qué diantres a nosotros, sus alumnos, nos suelta la explicadera en plan colegui. A ver por qué.

—¡Hostias!

—Y tú qué, tío, ¿tú sí que puedes decir hostias?

Según Jaime, tenía una razón de peso, porque se ha quemado el cielo del paladar con el plátano frito de los chinos.

Me gustaría averiguar por qué nos apartamos los hermanos unos de otros, y si en todas las familias pasa lo mismo. Hasta el verano pasado charlábamos tan a gusto, como dos amigos de verdad. Y eso que es cinco años mayor que yo. De pronto, todo lo que hago o digo es típico de adolescentes, y me mira por encima del hombro con una sonrisa de condescendencia que te cagas.

Anda que como me haga famosa con esta novela, Jaime se va a enterar, de una vez por todas, de los registros (afluentes) que tiene su hermana pequeña con el lenguaje.

Se me acaba de ocurrir que una cosa es la voz del narrador y otra, muy diferenciada, los diálogos en boca de los personajes. Éstos pueden adoptar cualquier forma del lenguaje hablado, por bastorra que sea. Por ejemplo: «*¿Q'pssssa,* cuerpo? ¿Te gusta mi burra? ¿A *quessss* mogollón popelín?». Pero el narrador me parece a mí que no debe hablar como los personajes. Esto no nos lo ha explicado el Chulo, se me ha ocurrido a mí sobre la marcha. Vamos, que lo que se me ha escapado antes de «te cagas» le quedaría bien a la Vero, a Marta, a Jaime, a Marc, a Tito, incluso a mí, cuando hablo como personaje, pero no como narradora. Bueno, al menos no es el tono que yo quiero para contar mi vida. Ya veo que esto me va a costar y que me llevará más tiempo corregir el borrador que escribirlo.

Hemos regresado a casa sin hablarnos, Jaime por una acera y yo por otra. En el ascensor se nos ha ido pasando el enfado. Supongo que él también pensaba en Roger.

Se le oía roncar desde el recibidor. En mi reloj eran las cuatro y veinte; en el de Jaime, las cuatro y diecisiete. Nos hemos mirado a la cara con alivio. Y entonces me he escuchado decir, bajito, con cuidado de no despertar a Roger:

—Me gusta Marc. Si me pide salir, le diré que sí.

Jaime, con su cuelgue de costumbre, ni se ha enterado. Uf, menos mal.

Durante el resto de la tarde y parte de la noche, y mientras cenábamos, he estado preguntándome qué puñetas me ha pasado para que se me haya escapado lo de Marc delante de Jaime. Me ha costado, pero creo que ya he dado con la respuesta. Los ronquidos de Roger —¡estaba en casa!— me han llegado al alma. Me he acordado de cuando me compraba huevos *Kinder,* y del moco de elefante que pegué en sus pantalones y en sus libros. Y de cuando jugaba a peluqueras y me subía en una silla, detrás de él, para cepillarle el pelo mojado con saliva y Nenuco. Pero sobre todo me han venido a la memoria sus ojos vaporosos, su sonrisa, cuando se montaba un *play-back* con las baladas de Elvis, *Are you lonesome tonight?*, y yo flipaba horas y horas mirándole y esperando que en una de aquellas vueltas, después de haberse contorsionado hasta casi partirse la pelvis, me guiñara un ojo a mí, y no a la petarda de Aránzazu, que fumaba entornando los ojos color lentilla violeta tras sus pestañas llenas de rímel y que lo dejó plantado. Roger hacía lo que yo le pidiese con tal de que me comiese toda la merienda.

Tengo miedo del viaje que está haciendo mi hermano mayor, porque lo hace él solo y nadie puede acompañarle. Está colgado del vacío. Mi sueño sería descubrir un lenguaje para todos, hombres, mujeres, adolescentes, jóvenes, padres y madres, hermanos, todos.

Y allí mismo, en la puerta de la calle, se me ha hecho un nudo en la garganta de pensar que Jaime también esté empezando a emprender su huida y me deje sola. Sola con mamá, con la que tampoco me entiendo, porque siempre está con lo de su menopausia. Así que, para mí que le he dicho a Jaime lo de Marc porque todavía necesito, y siempre necesitaré, una familia, una madriguera (un marco de referencia, como dice la filósofa de la Acelgui) en la que sentirme segura.

Y, como si los pensamientos a veces estuvieran ya pensados en el ambiente y se filtraran en todas las mentes, Roger se ha levantado y se ha duchado y mi madre nos ha hecho unos espaguetis que te cagas, digo estupendos [no olvidar corregir esto], y hemos cenado divinamente, riéndonos todos juntos con *Vídeos de primera*.

Lo del nudo en la garganta no se me ha ido del todo por más que nos hayamos reído. Aún me dura, mientras escribo esto. Me apretaba por dentro una compasión por todos nosotros que no me dejaba respirar. Es que no me cabía en el cuerpo. Veía a mi madre intentando hacer las cosas bien, con poca gracia, la pobre, como siempre, levantándose a cada poco para cortar más pan, traernos servilletas de papel, coca-cola, roquefort para Roger, pasas para Jaime, olivas arbequinas para mí. Entre medias, la risa de Roger, hueca y dura como una explosión de petardos en su pecho, saliendo de un pozo de tristeza y soledad, tan suyo. Veía a Jaime como un saltimbanqui, sin ser él mismo, interpretando un papel para Roger, otro para mi madre y otro, incluso, para mí. Y luego, en fin, yo misma, observando todo esto y sintiendo tal compasión hasta por mí, que quería desaparecer, ahorcarme allí mismo con un espagueti.

Ahora hay silencio por toda la casa. Sión está aquí conmigo porque Roger, contra su costumbre, no se ha tirado en la cama y fuma en el salón. Jaime está en su cuarto con la guitarra y mamá descansa metida en la bañera. Es como si nos avergonzara haber sido, por unos momentos, una familia unida. El silencio muchas veces actúa como un resorte generador de preguntas y es una auténtica mierda.

A quien más quiero es a Roger. Y este cariño está por encima de las palabras. Ni siquiera debería escribirlo porque no necesita lenguaje.

El lenguaje lo trastoca todo, y lo que más, los sentimientos. Acabo de darme cuenta de que desde que he dicho lo de Marc, no se me va de la cabeza. Me gusta a rabiar. ¡Me gusta, me gusta! ¡Me gustaaaa! A lo mejor es que las cosas, si no se nombran, no acaban de existir.

¿Por eso no hablamos de lo que le pasa a Roger?

Me he ido de la historia

SABÍA que si le preguntaba al Chulo técnicas para escribir novelas, en lugar de simplificarme las dudas, me iba a llenar la olla de datos. ¡Qué lío! Bueno, ha sido una pasada sobre todo porque he descubierto que no sabe tanto como aparenta, sino que echa mano de los libros. Tiene mogollón.

De uno bastante complicado, que se titula no me acuerdo cómo, he fotocopiado el capítulo de las clases de narrador. Para empezar, hay dos clases de narradores: el historiador y el actor. El primero es el que explica la historia sin más, taca, taca, taca. Este narrador puede saberlo todo, como Dios, y se le llama omnisciente, o puede explicar como si fuera una cámara fotográfica, es decir, describiendo lo que ve desde fuera, sin hurgar en el interior de los personajes. El narrador actor es un personaje de la propia novela que narra la historia desde dentro. Y, claro, puede ser el protagonista o un personaje secundario. El Chulo me ha puesto el ejemplo de la novela picaresca, donde el pícaro es el personaje central que explica el mundo desde su punto de vista de hambre y pobreza.

Escuchándole, pensaba que justo eso mismo es lo que yo pretendo con mi novela. Excepto que, en lugar de narrador/personaje-protagonista/pícaro, yo soy narradora/personaje-protagonista/adolescente y escribo la novela desde mi nivel de conocimiento del mundo. O sea, que voy a procurar que se enteren de que nos sentimos como en el recibidor de una gran mansión de gente adulta que lo sabe todo y que no nos permite participar en nada. Desde los salones, observan nuestro aspecto apocado y extraño. Todavía no nos atrevemos a formar parte del batallón de adultos, pero tampoco queremos volver donde estábamos. Así es como nos sentimos: ni salimos ni entramos. Tenemos que espabilar como podemos, mientras los adultos observan nuestras dudas, nuestras «intemperancias», que dicen ellos (Acelga y monja de reli incluidas), como algo propio de la edad, pero ninguno se adelanta y nos invita a pasar adentro. ¡Qué va! Hay que jorobarse en el recibidor una buena temporada con un cuelgue alucinante. No tenemos más remedio que formar grupos, que ellos llaman tribus urbanas, para darnos caña hasta que, empujándonos los unos a los otros, logramos entrar.

Eso sí, los de dentro tienen cantidad de libros sobre nosotros, los del recibidor, dicen que para conocernos mejor: «ten paciencia, lo de tu nena es de libro»; «no hagas caso, después de las mechas azul turquesa vienen las verde pistacho, tiempo al tiempo»; «sí, creo que se llaman *rappers*, son ridículos, pero inofensivos, tú tranquilo»...

Tendré que retocar el párrafo anterior, seguro. Dentro de unos días volveré a leerlo. Me he ido de la historia y a eso el Chulo lo llamó una vez digresión. Se me va a ver el plumero si lo dejo. Se nota demasiado que es una protesta mía, quiero decir de María, la autora de carne y hueso de este libro, que aprovecha su novela para despacharse a gusto de lo fatal que se siente en la vida real. Es lo mismo que si un periodista, en su programa de radio, le exige al presidente de su escalera que cambie las bombillas del portal. O que si un actor de teatro se vuelve a las butacas y pide desde el escenario que les pongan calefacción en los camerinos, que la vida es fría e injusta.

Me parece que me he pasado con los ejemplos, pero no se me olvida que el curso pasado el Chulo me obligó a tachar dos párrafos enteros de una redacción. Decía que se me veían mucho los demonios y que «más que una redacción sobre el paisaje otoñal, es un alegato tuyo, muy personal, contra la tala de árboles de tu calle». Cuando le pregunté qué significaba eso de los «demonios», me aclaró que otra manera de llamarlos es «fantasmas». Y tanto una palabra como la otra vienen a decir que el escritor deja entrever su yo íntimo, aquellas cosas que no ha superado como persona, sus traumas y represiones, sus miedos, sus dudas, su religión.

Sí, tacharé el párrafo anterior sobre la adolescencia. Al final, la novela se me quedará en la mitad. Supongo que no importa si lo que queda se puede salvar.

Esta noche salimos todos los de la clase. Tito, Guti y Rosa María celebran su cumple. Yo lo tenía un poco chungo porque Roger no está en condiciones de venir a buscarme; de Jaime, mi madre no se fía ni un pelo. La última vez que vino al Malecón llegamos a casa a las cinco de la mañana, y mi madre estaba en la ventana soltando sapos y culebras. Ella tampoco viene a buscarme nunca porque madruga un montón por culpa del viejo y, además, se toma un tranquilizante que la deja flipada. Por suerte, Rosa María tiene un padre de los que da gusto lucir, opusino a tope, que siempre está dispuesto a ayudar a las chicas para que no se descarríen. Se ha ofrecido para dejarme en la puerta del ascensor. Pobre hombre, siempre acaba con el Audi lleno de tías que tiene que repartir, pero es un tío legal, si se me permite decirlo.

Algo distinto en su cara

El Avispero es una caca, un aburrimiento. Marta y Bollo ya no se acercan casi y, cuando lo hacen, enseguida se abren para El Malecón, que es para mayores de edad. Marta lo tiene un poco chungo porque es canija y acaba de cumplir los dieciséis, aunque al lado de Bollo da el pego, la verdad. Marc tampoco se acerca tanto como antes. Está raro, todo el mundo lo dice; en clase se sienta en la última fila, pegado a la puerta de salida, y en cuanto suena el timbre se larga a toda pastilla. Dicen que se ha apuntado a un concurso de ajedrez, pero para mí que la cárcel lo está quemando.

Jana y yo hemos ido a la piscina. El autobús estaba lleno de viejos. Como viajan gratis, por cuenta del ayuntamiento, siempre están moviéndose de un extremo a otro de la ciudad.

En la piscina hemos aprovechado para hablar de tíos. Jana flipa por uno del insti. No sabe su nombre ni sus apellidos, pero dice que está colada. Por las noches sueña con él y, a veces, cuando su madre le dirige la palabra en la mesa, la pesca riéndose como una boba frente al plato intacto.

—¿A ti no te gusta ninguno?

Jana es capaz de hablar nadando a mariposa. Jo, hay gente dotada.

—No, yo paso de tíos, por el momento.

La he dejado con su ritmo de olímpica y me he quedado rezagada, nadando despacio. Con el agua calentita y los tapones en los oídos, me parecía que flotaba dentro de una burbuja y sólo quería pensar en Marc. Por momentos era como si no existieran los relojes y el mundo se hubiera detenido.

De pronto, el agua ha estallado igual que un espejo roto, y luego han seguido unos chasquidos de látigo.

—¡María, María, me muero de dolor! ¡Auxilio! —la pobre Jana gesticulaba con los labios morados y las piernas tiesas como dos bacalaos.

El socorrista se ha pegado un planchazo y la ha sacado del agua. Le ha dado unos buenos pellizcos en las piernas. En vista del éxito, se nos han ido las ganas de piscina y hemos jugado al ping-pong.

En la calle hacía frío, las aceras estaban mojadas de humedad. La parada del autobús, solitaria y oscura, nos ha dado canguelis y hemos vuelto a casa andando. En el semáforo de Marqués de Montoliu ha parado el microbús de minusválidos y Jana se ha vuelto de espaldas para masajearse las piernas. No se ha girado hasta que el autobús ha desaparecido por la plaza Imperial.

Siempre me quedo embobada mirando sus caras tristes, sus cuerpos retorcidos y descoyuntados. Busco sus ojos de humo, que ocultan algo, lo sé. Otro mundo que los tiene alelados, como enganchados en alguna tela de araña pegajosa y sutil, terriblemente fuerte, de la que no se pueden librar. Siempre los miro, pero hoy, delante de Jana, no me he atrevido, sino que me he vuelto de espaldas al microbús, para ayudarla. Después se ha ido con prisas, casi corriendo detrás de su hermano.

No tenía ganas de entrar en casa, todavía. He dado una vuelta para ver si encontraba a alguien. La humedad se iba convirtiendo en una llovizna que empañaba la luz de las farolas. El cielo estaba aquí mismo, blanco y opaco como una capa de talco. Hubiera dado algo por toparme de morros con Marc y tomarme con él una coca-cola. La lluvia comenzaba a arreciar, me dolía la espalda por el peso de la mochila y, encima, llevaba la bolsa de deportes. Así no hay quien pasee, joder.

En casa me esperaba la típica bienvenida de la que había estado huyendo. Mi madre hecha un manojo de nervios, que si éstas no son horas, que si mira cómo vienes de empapada, que si me vas a matar a sustos, que ella lo único que pide es tranquilidad y nada más que tranquilidad después de estar todo el día aguantando al viejo meón que le pone la cabeza como un bombo.

Roger miraba el techo de su habitación, con su cuelgue habitual, y Jaime escuchaba en su cuarto a Héroes del Silencio.

Me he encerrado en mi cuarto, pero mi madre ha abierto a lo bestia y ha hecho más gordo el agujero de la pared con el picaporte.

—En mi propia casa nadie me cierra la puerta en las narices, ¿estamos?

Me he callado y he esperado a la siguiente, porque en estos casos lo mejor es dejar que amaine el temporal. La siguiente ha llegado:

—Aquí hay que poner un tope para que no choque con la pared. Un día se nos caerá la casa encima, y tus hermanos, como si nada. Si yo no hago las cosas, no las hace nadie. Si se funde una bombilla, ahí está hasta que tu madre se decide a cambiarla. Si se acaba el papel higiénico, sois capaces de limpiaros el culo con la mano. Todo antes que colaborar.

No soporto su manera de chillar y de decir las cosas. Es como si destapara una olla a presión, y cuando se ha acabado el chorro, ya ha pasado todo. Es capaz de aguantar días y días de curro, de darle al tajo como un correcaminos, y en un momento lo fastidia todo.

Cuando se ha acabado el rollo, me he escabullido a la ducha. Al pasar he visto a Roger tirado en la cama, exactamente igual que cuando he entrado, exactamente igual que siempre, pero había algo distinto en su cara. Hasta que el chorro del agua me ha dado en la cabeza y me ha resbalado por la cara, no me he dado cuenta de lo que era. Había una lágrima. Le bajaba despacio, o no acababa de bajarle. Tenía una cualidad perlada, como si fuese una gota escapada del trasluz de las farolas de la calle.

No sé por qué lloraría, si por mi madre o por él mismo. O por todos. A lo mejor pensaba lo que yo pienso ahora: que nadie es culpable de nada. Ni yo por largarme de paseo sin avisar, ni mi madre por hacer más de lo que puede y, de tanto en tanto, explotar dándote donde más te duele, ciegamente, como una mina antipersonas, ni Jaime por ser borde como él solo y pasar siempre de todo, que ya le vale.

A lo mejor la lágrima era porque no tiene fuerzas para echar una mano en casa. Yo creo que no las tiene ni para aguantarse a sí mismo.

Por entre el chorro del agua podía oír la canción de Héroes del Silencio. Es fuerte la letra y parece compuesta para mi hermano Roger. A veces te cansas de él, a veces te parte el alma, a veces estás indiferente con él, a veces sientes que te puede arrastrar en su viaje.

¡Déjame!,
que yo no tengo la culpa de verte caer.
Entre dos tierras estás y no dejas aire
que respirar.

Sería guay estar dentro de las cabezas de personas como Roger o el hermano de Jana. Hace un año o así que le estoy dando vueltas al tarro con hacerme psiquiatra. Aunque, no sé, no sé, porque... ¿y si me pidiera hora una del estilo de mi madre?

Escribir es raro, por eso esta noche no escribo

YA ha pasado el mal rollo, menos mal. Roger duerme. No jadea, ni grita, ni respira ahogándose. Ni mueve la cabeza de un lado a otro, como tantas veces que parece que se defiende de un estrangulador.

Estoy sentada a los pies de su cama. Lo miro dormir. Oigo llorar a mi madre, pero no siento ganas de consolarla. Debe de estar echada en su cama. El silencio de Jaime tampoco me preocupa, y eso que, cuando no hace o dice chorradas, de fijo se le está cociendo por dentro algo malo, que le sale luego.

Lo único que deseo es quedarme aquí, junto a Roger, viéndolo dormir plácidamente. Imaginar que un ángel le ha planchado el entrecejo de diablo cabreado que tiene normalmente. Su frente parece un estanque sereno, y sus manos, las de un santo de escayola.

De vez en cuando me pego a su cara para oírle respirar. Le sale un aire caliente y suave, que recuerda el hocico de un animalillo. Pero es un hombrón grandote que casi no cabe en la cama. Verle así te da una tranquilidad que no sientes muchas veces en esta casa.

Yo no he visto muertos, pero si en algo se parecen al Roger de esta noche, aunque ahora se le empiece a poner careto de boxeador, por mi parte se acabó el miedo a los fiambres.

Estaba secándome el pelo cuando se ha oído el gran trastazo. Al principio no he hecho caso, pensaba que era algún bafle de Jaime, que cada dos por tres se le despatarran por el suelo. Me he mosqueado al oír pasos y carrerillas extraños y he parado el secador. En ese momento, el grito de mi madre me ha horadado el esternón como una taladradora. Me ha dado miedo mi propia cara en el espejo, desconocida de tanto terror reunido. El grito era «¡Hijo! ¡Hijo de mi alma!», y salía de una garganta áspera, sin piel por dentro. Reptaba por las paredes y rebotaba en *squash* por todo el piso.

Nunca lo olvidaré.

Mis piernas me han traído aquí, a la habitación de Roger. Estaba de bruces en el suelo. Por debajo de la cara había un charquito de sangre que aumentaba con rapidez.

Al vernos a Jaime y a mí en la puerta, mi madre se ha calmado inmediatamente. Todavía cree que aparentando calma puede controlar nuestros estados de ánimo. Hemos vuelto boca arriba a Roger. Sangraba por la boca y tenía una raja en mitad de la nariz, o sea, partida en dos por el hueso del puente. Mascullaba algunas palabras como de borracho. Quizá el porrazo fuera por la borrachera, pero no vale la pena empezar con eso. Entre los tres lo hemos arrastrado hasta el ascensor. Camino de urgencias, nos saltábamos todos los semáforos. Jaime sacaba por la ventanilla de delante una gamuza toda pringada que había en la guantera y mi madre aporreaba el claxon con el puño cerrado. Detrás, yo le sujetaba la cabeza a Roger, apretándole una toalla mojada contra la nariz y la boca. Decía algo, yo entendía «no os preocupéis, no es nada», pero no estoy muy segura. No podría jurar que dijera eso porque a mi hermano mayor hace tiempo que no le importa nada de nosotros ni de nadie. Ni se importa él mismo.

Ha salido de la clínica con unos cuantos puntos en la boca y un yesecillo o parche tapándole la nariz de parte a parte.

—Acostadlo en cuanto lleguéis a casa, porque lleva una inyección de Valium. Aquí está el informe de ingreso en urgencias. Mañana, sin falta, que vaya a su médico de cabecera.

La doctora se dirigía a mí en todo momento. Debía de notar que mi madre estaba hecha polvo y que Jaime andaba con un cuelgue trascendental, pero poco práctico. Cuando hay un problemón, agacha la cabeza y no la levanta hasta que las aguas han vuelto a su cauce.

No puedo dormir, Roger. Tan sólo me apetece estar aquí viendo tus pósters y oyendo el silencio de todos estos trastos. Son las doce menos cuarto. La cena se ha quedado en la cocina. Mamá sigue llorando en su cuarto, ¿la oyes? Mañana irá al curro con gafas de sol.

Escribir es raro, por eso esta noche no escribo. Te pasan las cosas más terribles y piensas, como un último consuelo, «cuando llegue a casa lo escribiré». En el momento que lo piensas no te consuela, pero te distrae unos instantes de las amarguras que estás pasando. Y más tarde, cuando te sientas a escribir, lo revives de otra manera: usando más la mente y observando los sentimientos de una forma más relajada, desde una distancia mayor. No sé si está bien, porque te tranquiliza, o está mal, porque te impide vivir a fondo.

Por eso, esta noche me quedo a los pies de tu cama viviendo esto a pelo.

¿Sabes? Hoy ha sido mi primer día en Justicia y Paz. Me

ha gustado un montón. Al principio iba un poco asustada, pero luego me he ido relajando. Nos hemos apuntado Marta, Enrique y yo. Jana y la Vero se han quedado con dibujo técnico. Ojalá me equivoque, pero para mí que han metido la pata. La Vero es una cretina que no tiene personalidad. Si el día de la inscripción se llega a topar conmigo, seguro que se hubiera apuntado a Justicia y Paz, pero se topó con Jana y, pues eso, ¿dónde va Vicente?

Lo de Jana no me extraña. Nunca hará nada que huela a gente discapacitada, ni siquiera un miserable voluntariado. Antes tendría que aceptar lo de su hermano y lo de su madre, y al paso que va, creo que ni por el forro. El centro se llama Ocell. Subiendo las escaleras a oscuras, he empezado a pensar en serio en lo que íbamos a hacer. Hasta ese momento no me lo había planteado. El centro está en el segundo piso. En el rellano esperaba uno de los niños, Justino, el primero que hemos conocido. Hemos entrado juntos. Una vez dentro, hemos hablado con una de las encargadas, que quería saber por qué estábamos allí. Parecíamos tres colgaíllos, y Enrique más, porque en cuanto ha visto a Justino le ha dado la risa nerviosa. Justino, ¿sabes?, además de lo suyo, tiene un tic de esos raros que te meas de risa. Yo, porque sé reprimirme, que si no... Iremos todos los martes de este trimestre. Las encargadas, pasando de nosotros, nos iban diciendo: «Sentaos por ahí, majetes, vosotros mismos», y se largaban cada cual a su tajo. Marta ha sacado un tablero de la oca y hemos jugado con Justino, Silvia, Olga y Josep, otros niños del centro. Me he quedado paralizada cuando Enrique ha caído en la casilla de la muerte y Silvia le ha preguntado: «¿Cómo es que tú eres normal y no sabes jugar?». Enrique ha flipado y se le ha cortado la risa en seco.

Al cabo de un rato, alguien nos ha gritado desde el cuarto de al lado que fuéramos alguno a ayudar. Allí había otra monitora, Rebeca, muy simpática. Es voluntaria. Empezó en las actividades de EATP en tercero de BUP, como nosotros, y se ha reenganchado. Está estudiando cuarto de veterinaria y va al centro siempre que puede. Había dos mesas de ocho niños y estaban pintando un tronco de yeso con pintura verde y marrón. Se trataba de hacer un árbol y tenían las mesas llenas de papeles recortados. Hablaban por los codos y se reían. Lo primero que he pensado ha sido que todos, absolutamente todos, son simpáticos y cariñosos. Son auténticos y espontáneos y nunca dicen algo que no piensen o sientan. No esconden nada, son ellos mismos y quieren a todo el mundo. ¡Qué suerte para ellos! La monitora, Rebeca, se llevaba con todos estupendamente, los conocía uno a uno con pelos y señales. Me pregunto si lo lograré yo también. Al poco rato han venido Enrique y Marta y se han añadido al grupo del árbol.

A la salida nos hemos ido a tomar una coca-cola y a intercambiar impresiones. La experiencia del primer día ha estado genial. Nos hemos aprendido bastantes nombres y la risa nerviosa de Enrique ha quedado en eso, en risa nerviosa.

A mis amigos no sé, pero a mí se me jodió el invento al volver a casa y encontrarme con tu *show,* Roger.

En esta casa siempre tenéis que jorobar las cosas, por bonitas que sean.

Y lo dijo como si tal cosa

CONTRA su costumbre, María llegó del colegio bastante pronto. Los ojos amarillos de Sión eran dos rayitas refulgentes encima del aparador. Cuando Sión se quedaba solo, se subía al aparador. A saber si el olor fuerte del reparador de muebles le producía algún tipo de coloque gatuno.

La casa estaba a oscuras, aunque en algunas esquinas todavía se removían retazos de penumbra. María se fijó en que al final del pasillo, por debajo de la puerta del dormitorio de su hermano Roger, salía una luz vibrante y azulada que seguramente provenía del flexo.

Sión, de un salto felino, bajó al ficus y caminó junto a ella, restregando su flanco en las botas y en la tela áspera de los tejanos. María tiró la mochila en la cama y rebuscó en los bolsillos de la sudadera lo que le quedaba de un paquete de Filipinos de chocolate sin leche. Las galletas crujían dentro de su boca como en los mejores anuncios de la tele. Dejó de masticar porque le pareció oír voces. Voces confesoras, temblorosas, como gorjeos. Le vino a la memoria Alba, la *number one* de la clase a todos los efectos. Había levantado la mano en literatura para anunciar que estaba escribiendo una novela de alucinaciones acústicas. María se echó en la cama con las deportivas puestas, pensando en la novela de Alba. La protagonista, una azafata de Iberia, oye voces en el aire, en todas partes. Por fin visita a un psiquiatra y éste le prescribe una temporada en el campo y unas sesiones de sofronización. La enferma de alucinaciones acústicas se va con su hijita de tres años. A los pocos días de estar en el campo, vuelve a oír voces, pero esta vez son unas voces simpáticas y juguetonas. Tan pequeñitas que tiene que prestar atención para enterarse de lo que dicen. Hablan entre ellas de mundos en los que los colores tienen música y olor. Y al revés, el olor suena bellísimo y tiene colorido. Y, aún más, la música huele y es de colores. También hablan de vuelos, pero no de aviones, sino de desplazamientos por el aire. Por fin, la azafata descubre que son las avispas, los abejorros, los mosquitos, en fin, todos los insectos quienes hablan. Acude otra vez al psiquiatra, quien opta por ingresarla en un sanatorio psiquiátrico para hacerle una cura de sueño. La víspera del ingreso, los abuelos van a buscar a la niña para llevársela a su casa y cuidarla mientras dure el tratamiento de su madre. En el momento de subir al coche, la niña vuelve su cara, una terrorífica y peluda cara de avispa, hacia su madre y le suplica con una voz de trompetilla de mosquito: «Mami, ponte pronto buena, que quiero volver al campo. No me gusta la ciudad, los insectos no me hablan».

María se quitó las deportivas y las tiró contra la pared, debajo del escritorio, al estilo de «las estampo contra lo que me da la gana, que para eso es mi cuarto». Como siempre que pensaba en Alba, sentía un repelús que ella no llamaría envidia, sino inconformismo. Inconformismo y admiración, todo liado, hecho un barullo en una misma emoción, por cierto bastante negativa. Asquerosa, en una palabra. Alba escribiría una novela magnífica, y no como la suya, que ni siquiera había sido capaz de salirse del rollo familiar. Y eso que su compañera lo podría haber hecho con mayor motivo, pues su familia tenía buen rollo. Esquiaban en La Molina y en Baqueira y conocían a todos los políticos del Ayuntamiento, de la Diputación y del Parlamento catalán.

Sintió sed. Después de comer chocolate siempre se bebía un par de vasos de agua. Era una sensación magnífica el agua fría en la boca pastosa y áspera por el atracón de Filipinos. Bebió sin respirar. Al volver de la cocina, de nuevo oyó las voces. Se detuvo y aguzó el oído. Sión también se paró. Quienes hablaban ahí, dentro del dormitorio de Roger, tenían interés en no ser oídos. Cuchicheaban con mucho misterio. Distinguió dos voces, desconocidas, de hombre las dos. Hablaban con Roger, seguro, porque su madre estaba en el trabajo y Jaime en la universidad. Tal vez fueran médicos, tal vez enfermeros, aunque no había visto ninguna ambulancia en el portal. Roger no tenía amigos. ¿A quiénes pertenecerían aquellas voces? ¿Policías? ¿Guardia municipal? ¿Qué habría hecho su hermano, de nuevo?

Sintió dentro del pecho el mismo golpetazo de la tarde anterior, un aldabonazo sin ruido, que amenazaba con resquebrajarle las costillas. Sin duda era el corazón que se le desmoronaba, arrastrando consigo toda la fuerza de sus piernas. Se deslizó pegada a la pared, hasta quedar sentada en el suelo junto a la rendija de luz que salía por debajo de la puerta. Agradeció sentir el frío de las baldosas a través de los tijeretazos que se había dado en los tejanos.

Sión maulló y desapareció por el resquicio de la puerta tan deprisa que María dudó de si se lo habría tragado la luz. Pensó que si hubiera sido un perro, ahora la puerta estaría algo más abierta y oiría las voces mucho mejor. Siempre había preferido un perro.

—Allí se oye de todo. Nadie se asusta por nada —dijo una de las voces.

Era de mujer, ahora que la escuchaba bien, pero tan ronca como la de una cantante de *blues*.

—Tú miras y escuchas, nadie te hará proselitismo ni se andará con cuentos contigo. Si te convence, bien, y si no, pues abur. Tan amigos, oye.

—Si a ti te ha dado por echarte en la piltra, no veas a mí. Para qué te cuento: me tiré ocho meses enteros viviendo en la cama. No, no sonrías, que yo sé que nos culpabilizamos de todo: de estar depresivos, de ser gandules y, sobre todo, de no valer para nada.

—Me acuerdo de la noche que vinieron dos de los nuestros a verme a mi casa —dijo el hombre después de dar un chasquido brumoso con la boca, como si hubiera vuelto al revés una gran bocanada de humo—. Yo solo, sin ayuda de nadie, había hundido mi empresa. Para esas cagadas la gente como nosotros somos únicos, los mejores. Acababa de perder a mi mujer, a mis hijos. Ni yo me aguantaba a mí mismo. Me eché en la cama, como tú estás ahora mismo, y me lié a llorar. Toda la noche, tú. Y ellos esperando a que me calmara. Por eso hago este servicio de acudir a domicilio cuando te llaman, que es el más jodido y el que nadie quiere hacer. Se lo debo a aquel par de tíos, cago en ya.

—Bueno, no todo el mundo es tan espectacular. Yo no acabé con mi empresa porque no la tenía, pero hice todo lo que estaba en mi mano para acabar conmigo. En mi caso, nadie se enteraba. Es lo normal entre las mujeres con años.

De vez en cuando, se suspendía la conversación y tosían. Aquellas dos personas fumaban como chimeneas. La peste a humo se estaba propagando por el pasillo y era asquerosa. Seguro que eran policías, porque aunque tenían buen cuidado en hablar bastante bajo, tosían como guardias civiles. Aunque María no sabía por qué se le ocurría ahora pensar en las toses de los guardias civiles, ya que no conocía ninguno. Quizá empezaba a desarrollarse en ella alguna de las aptitudes que se supone que deben tener las escritoras, como la fabulación, la inventiva, la imaginación...

Sus pensamientos la habían distraído de la conversación, y lo que dijo a continuación la mujer con voz de cantante de *blues* la desconcertó.

—Nosotros siempre advertimos lo mismo: es una enfermedad que no se contagia, pero se cura por contagio.

Inmediatamente se oyó el chasquido de la ruedecilla de un mechero. Uno de los dos se levantó de la silla y comenzó a pasear por la habitación. Roger no, seguro; todavía se mareaba cuando se incorporaba. Por las pastillas y por el golpe en la cabeza.

—Nadie te puede ayudar. Tú solo, sin ayuda de nadie, has de llegar a la conclusión de si eres o no eres. No se está un poco embarazada o muy embarazada. Se está o no se está. Pero, antes de tomar una decisión precipitada, déjate caer por el grupo. Mira, mañana es martes; si quieres te pasamos a buscar. O si prefieres pasa Santi.

El hombre se llamaba Santi. Pero ¿por qué hablaban con esa familiaridad? ¿Es que eran amigos de su hermano? ¿No eran, pues, polícias ni enfermeros? ¿Y a qué conclusión debía llegar Roger?

María se avergonzó de estar escuchando. Ya no había motivo para ello; mejor dicho, no había excusa. Iba a levantarse con cuidado de no ser oída cuando la voz suplicante de su madre la dejó clavada, sin respiración, en el suelo.

—¡Hijo mío, hazlo por mí! Di que sí por un mes, sólo por un mes, y luego, si no puedes, si no te va, lo dejas.

Nadie te presionará y nadie lo sabrá, excepto tú y yo. Ni tus hermanos.

Su madre lloraba sin llanto. Con la pared de por medio se apreciaba algo que quizá pasaba desapercibido para los de dentro. Seguramente tenía que ver con la archifamosa teoría de la Acelga, de que el sentido de la vista adormece y anquilosa la percepción. María percibía con nitidez la presencia de un silencio compacto, que daba fuerza y enmarcaba la voz de su madre. El sonido derrotado de su garganta había borrado todo lo superfluo del ambiente. Tal vez todo fuera superfluo, excepto aquella voz magnífica, suplicante. Santi y la del *blues* también callaban. Sonaron los muelles de la cama de Roger y después su llanto chiquitito, largo y uniforme, amordazado por la tirantez de los puntos en la boca.

Más humo en el pasillo, tanto que escocía en los ojos y en las pituitarias. Y una necesidad fortísima de empujar la puerta y abrazar a su hermano y de acariciar el peinado enlacado y horrible de su madre, y de mandar a esos dos que se abriesen, que los dejaran en paz. Y el nudo en la garganta y el estrujamiento de su corazón, más pequeño y más asustado que un niñito sentado en el borde de un camino. Ahora lo entendía todo: ¡Roger era drogadicto! Por eso habían dicho lo del contagio. «Es una enfermedad que no se contagia, pero se cura por contagio».

La voz de su madre volvió a sonar en medio de la habitación, como un trueno de esos que en verano rasgan el firmamento.

—¡No quiero pasar por la misma experiencia otra vez! ¡No lo resistiría! Con un hijo, no.

Los visitantes dejaron de pasear. Se oyó un leve movimiento de sillas y a Roger que preguntaba:

—Mamá, ¿qué dices?

Después hubo más silencio, pero ahora se trataba de un silencio pautado por ruidos tranquilizadores, como cuando antes de comenzar un concierto se deslizan los últimos carraspeos y movimientos: el preludio de un hecho inminente que se ha estado esperando mucho tiempo y que, por fin, viene a liberar la tensión acumulada.

—Pues que el dolor que se calla, tarde o temprano acaba enfermándonos. Tu padre era alcohólico.

—¿Cómo es posible? Nunca lo vi maltratarte, nunca...

Roger se paró de pronto. Quizá le dolía la boca, quizá había caído en la cuenta de algo. La de la voz de *blues* aprovechó para meter baza.

—No siempre tenemos los síntomas que te ha explicado aquí el compañero Santi. Yo era una bebedora social. Nunca estaba borracha. Bebía como todo el mundo, para estar alegre, feliz, simpática. El riesgo es que bebes para quitarte timideces, complejos, miedos, frustres, y acabas no sabiendo vivir sin beber. Para cuando me di cuenta, ya era tarde. Bebía como una cosaca. En la cocina de mi casa, en el cuarto de baño, siempre a escondidas y, ya te digo, vivía en la cama. Mi marido no se enteraba de nada. Al menos eso creía yo, hasta que me dejó. Creo que la otra es vegetariana, abstemia, budista y nudista. Una monada, perfecta, vaya.

Se oyó la risita de cortesía de su madre. María la distinguía a la perfección. Era la risita que le salía cuando, volviendo del trabajo, se encontraba la casa «llena de esos amigotes vuestros y todo patas arriba».

—¿Te acuerdas del día que nació María? Te dije que papá estaba trabajando en el doblaje más importante de su vida y por eso no estaba con nosotros. Te pedí que cuidaras de Jaime hasta que yo volviera de la clínica porque el hermanito nuevo estaba llamando. Y lo hiciste muy bien, pero tu padre no estaba doblando nada; había huido de casa como tantas otras veces.

Se volvieron a oír los muelles de la cama de Roger. Después, su voz debilitada pidiendo un cigarro.

—Tu padre tenía una voz maravillosa, decían que era por la resonancia, una cualidad rarísima. Le habían requerido de todas las emisoras y productoras, pero siempre acababa mal. Nunca supo lo que era trabajar seriamente, sólo sueños entre vapores de alcohol. Se gastaba lo que ganaba en bebida y en pagar las deudas. Entonces volvía a beber para olvidarse de que bebía. Cuando lograba romper este círculo vicioso, regresaba a casa derrotado, suplicándome que le perdonara. Lloraba y lloraba. Se echaba en el suelo y escondía la cabeza entre mis rodillas. Yo le perdonaba y pasábamos tres días tranquilos, eso era todo. Era un buen hombre y por eso resultaba más fácil entender su enfermedad. Por lo menos no hubo odio entre los dos, tan sólo lejanía. Al final, su enfermedad pudo con él. Me enteré de su muerte cuatro años después de haberse ido de casa, cuando ya María tenía seis o siete añitos. Fue un invierno muy crudo de nevadas y vientos. En Barcelona los indigentes buscaban el metro para guarecerse. Dos o tres murieron de frío. De uno de ellos, sus compañeros habían dicho a los periodistas que le llamaban «la Voz» y que había trabajado en los nuevos doblajes españoles de la productora Walt Disney. Era tu padre. La fotografía mostraba el cuerpo de un vagabundo encogido sobre su estómago. Se le veía perfectamente el hoyo de la mejilla, como el tuyo.

María se levantó, ya no quería oír más. Entró en el lavabo apretándose la barriga y vomitó. Cuando ya no le quedaban Filipinos en el cuerpo, vomitó una saliva amarilla y amarga. Cesó cuando sintió que se le abría el puño cerrado que tenía en el estómago.

Salió a la calle sin hacer ruido, con las deportivas en la mano y sin encender las luces. Caminaba con furia, a ratos corría. Deseaba desconectar de su casa, allá arriba, pero el sabor amargo de la saliva, propagándose por la nariz y garganta abajo, se lo impedía. ¡Mierda! La diferencia entre el alcoholismo y la drogadicción radicaba en la legalidad de la compra en un supermercado. ¡Mierda! El alcohol se podía comprar con las coles y los yogures; por eso mismo era más traidor y costaba más reconocerlo. ¡Mierdaaaaa!

Estuvo merodeando por la manzana hasta que calculó que aquellos dos, el Santi y la de la voz de *blues*, se habrían ido. Sentía la cara abrasada y las manos mordidas por el frío. Caminaba sobre agujas de hielo con la espalda tiesa como una caña. Si su cuerpo cayera al suelo, se rompería como el vidrio reciclado. Le castañeteaban los dientes con eco de bóveda porque debajo de su cráneo no habitaba ninguna idea, ni buena ni mala. El único punto de referencia que tenía para saberse viva era el persistente sabor amargo en su boca.

Al abrir la puerta, le llegó el olor repugnante de coliflor hervida. Su madre trajinaba por la cocina con el delantal sexi que le habían regalado entre los tres para el día de la madre. Sión comía su pienso en el rincón de las escobas. Jaime escuchaba, cómo no, Héroes del Silencio. Roger seguía en la cama, la puerta estaba abierta de par en par y el olor a humo había desaparecido.

Y María dijo:

—¡Hola, familia!

Y lo dijo como si tal cosa, simulando su mala sombra de siempre.

Un personaje abstracto: la tristeza

He repasado los apuntes de técnicas de escritura. Escribir un capítulo en tercera persona en mitad de una novela que va toda en primera persona no es muy ortodoxo, lo sé, pero como dice el Chulo, haciéndose el chulo, nunca mejor dicho, *a la nouvelle tous les écarts lui appartiennent,* que significa, más o menos, que a la novela todo le está bien. Que el autor se puede permitir las licencias que le dé la gana, y ya está.

En el capítulo anterior, yo, María, la narradora, quería estar fuera de la historia para distanciarme de María, la protagonista. Temía dejarme llevar por el dramatismo y escribir un auténtico folletín. Parece mentira que seamos así las personas. Nos avergonzamos de las desgracias reales que muchas veces hunden a las familias. Como si al ignorarlas fuéramos más elegantes y más cultos.

Ahora que ya he acabado el capítulo anterior, que no sabía ni por dónde cogerlo, creo que he descubierto una ventaja en la primera persona. Si escribo «yo esto» y «yo lo otro», me permito el lujo de expresar lo que el personaje piensa, siente, cree, calcula, maquina, desde dentro de su piel. En fin, que me meto dentro de las tripas de dicho personaje. Sin embargo, si escribo en tercera persona, «Maria sintió que el corazón le golpeaba el pecho como un badajo», quizá corro el riesgo de convertirme en una narradora agobiante para el lector, o de parecer desconfiada ante su capacidad de comprensión de los personajes. No le doy más vueltas. Prefiero la primera persona: el narrador/a se diluye con el personaje y el lector se olvida completamente del narrador/a.

De todas formas, se me está ocurriendo que si alguien hojeara mi novela al azar y se detuviera únicamente en el capítulo anterior, escrito en tercera persona, tendría sus dudas sobre quién es el verdadero protagonista. Podría creer que es Roger, María, la madre, incluso el padre ausente. O un personaje abstracto: la tristeza.

Por el Ocell ha aparecido un chico que había estado con anginas. Se llama Francesc y es hidrocéfalo. Hace nada le hicieron su tercera operación en la cabeza. Todo el mundo le ha recibido con mucha alegría y él nos ha besado uno por uno. Nos hemos tirado media tarde con su entrada. Parece bastante mayor, incluso puede que más que yo. Cuando te besaba te dejaba la mejilla llena de babas. Enrique se ha secado disimuladamente.

También nos hemos encontrado con un nuevo monitor, César, que hace la objeción. Es muy cachondo y se toma los contratiempos con mucho sentido del humor. A Marta le parece que está buenísimo; a mí no me lo parece tanto, aunque no está mal. Lo que mejor tiene es la mandíbula y las cejas; bueno, también los ojos, amarillo miel de romero como los de Sión, y la boca, y un perfil de romano que te cagas. Resumiendo, que está de muerte, pero yo con mi Marc ya voy servida.

Silvia y yo hemos jugado a la oca. Quería saber por qué falté el martes pasado. Te llena de saliva los ojos, los morros y el nacimiento del pelo con su aparato de dientes, pero su pregunta me ha sentado bien. Lo mismo que cuando mi padre me acariciaba el pelo y los dos cerrábamos los ojos, porque la caricia era buena para su mano y para mi pelo.

Me ha sorprendido tanto que Silvia se hubiese acordado de mí que me he quedado en blanco y me ha costado recordar el motivo de mi escaqueo en el Ocell: Roger. No se lo iba a explicar, lógico, pero me ha debido ver cara de panoli y me ha dicho: «No estés triste, María». A partir de ahí, se ha liado bien liada y ya no ha parado de hacer payasadas para tenerme contenta. Al final, la monitora ha tenido que reñirla. Dice que estos niños se desbordan cuando les da por hacer reír. Tiraba el tablero de la oca por el suelo cada poco, se metía una ficha en la boca, se tiraba pedos y eructos, cantaba *Hijooo de la lunaaaaaaa*. Me tenía hasta las narices, pero cuando la monitora la ha reñido me ha sentado fatal. Silvia se ha puesto como un tomate, con la cabeza entre los hombros. Por más que intentara hablarle, imposible. Le levantaba el careto por la barbilla, pero me daba un codazo en la tripa o una patada. En un momento, gracias a ella, he pasado de la risa al aburrimiento y a la tristeza, además por ese orden. A la salida, la monitora ha aprovechado para explicarnos, a los tres del cole y a César, que justamente eso es lo que no debemos hacer jamás con estos niños. «Hay que estar muy cariñosos, pero bien seguros de sí mismos; si no, ellos lo captan y hacen como los buenos tenistas, te llevan de una parte a otra de la pista hasta agotarte». Tiene razón en lo que dice, y ya me imagino que no basta con el cariño sino que hay que ser una profesional, pero la buena profesional tampoco se olvida del cariño.

Hemos acompañado a Marta a su casa y después Enrique y yo nos hemos acercado por El Avispero. Tito iba zombi, y se estaba poniendo pesadísimo con un rollo de pastillas que ¡tela! Fardando de llevar *popeyes, expediente X, corazones, dolars,* de todo. Por largar algo a tono, le he preguntado que de qué me iba, pero la verdad es que por dentro estaba helada, muerta. Enrique sabía que se pasaba con las birritas, los pelotazos y algún que otro porro, pero que ni zorra de esto otro. Al llegar a casa, lo primero que he hecho ha sido telefonear a Marc. Dice que no es su problema, que Tito está superinformado de los efectos a corto plazo de las pastis; de hecho, ya los está sufriendo. Al principio también quiso meterle a él en el rollo, pero le cortó muy en serio porque pasaba de historias, y ya no le ha incordiado más. Se conoce que el Guti, de la B, también está en el rollo, pero no tan a la descarada. Le he echado en cara a Marc que no me hubiese dicho lo de Tito y me ha contestado que su amigo no necesita que le señalen con el dedo, sino que le tiendan una mano cuando lo necesite. «Y cuando lo necesite, allí estaré yo».

Ahora estoy hecha una braga, me odio y no me aguanto por dentro porque antes de hablar con Marc había telefoneado a Marta para explicárselo; pero, como comunicaba, llamé a Jana y luego a la Vero. Cuando probé de nuevo con Marta, ya lo sabía, se lo había explicado Enrique. Mañana lo sabrá toda la clase y el único que no habrá hecho comentario alguno lo sabía desde hacía tiempo: Marc Roig Martí, mi Marc.

Los hechizos existen en la quietud

SE pasan fumando en El Avispero, y los demás, hale, todos convertidos en fumadores pasivos. Jobar, lo mismo da que fume o que no. Por eso, cuando estoy en El Avispero o cuando salgo por las noches, fumo. Después tengo que aguantarme yo misma mis propias jaladas de bola al estilo de «María, ¿por qué fumas si no te apetece, no te gusta, no tienes pelas y te apesta la boca? Eres una fantasma, tía».

Si algo he aprendido observando la vida que lleva Roger, es que la única honestidad que vale es la que se tiene con uno mismo.

Luego está lo de la bebida. Por ahí sí que no trago, supongo que la culpa la tiene Roger. Paso de litronas, cubatas y pelotazos en general.

Jana se acerca a la barra a mercarse un *donut*. Marc planta a Tito y al Guti en el *tetris* y viene directo a mi mesa. Deja la mochila en la silla de Jana y se sienta a mi lado. Remueve el vaso que tiene entre las manos y le salpica toda la cara de gotitas marrones de *cacaolat*. Se las limpio con un *kleenex* y hago como que me cachondeo de él. En realidad, lo único que quiero es que no se fije en mis manos horripilantes, llenas de fórmulas. Hemos tenido un examen de química orgánica y voy con cadenas de hidrocarburos hasta los codos. Y en los muslos; por eso hoy llevo falda.

—Molas mucho con esa falda.

No le explico por qué me la he puesto. De todas formas, ahora ya tengo otro motivo para ponérmela: a Marc le gusto con ella.

Nos vamos a dar un voltio por la zona peatonal. Los del grupo nos gastan bromas, especialmente Jana, que desde la barra hace gestos de batracio, a lo mejor porque se ha tragado el *donut* de una vez.

Saliendo nosotros, entra Alba y nos sujeta la puerta para que pasemos. Por más que quiera ir de *grunge,* no puede quitarse de encima la pluma de pijorra que ha mamado. La mezcla le queda superbién, encima. Me da un ataque de celos, pero enseguida se me pasa. ¡Es tan guapa y va siempre tan bien vestida! ¡Y es tan cerebro, la *superwoman* de ella! Este año también sacará matrícula, qué te apuestas.

Fuera hay una luna bestial. Desde la esquina del callejón parece un globo de papel alumbrado, diseño Ágata Ruiz de la Prada, a manchurrones fucsias y anaranjados. Increíble, estupenda, total. Mierda con los adjetivos, unos por muy manidos y otros porque no pegan. Me gustaría muchísimo hablarle a Marc de esta luna, pero me da corte. Todo el mundo piensa que hablar de la luna es ridículo. La Acelga me respondería que también es ridículo obviarla, puesto que es tan evidente. Pero como yo no soy la Acelga, me callo y en paz.

Acompaño a Marc a la biblioteca a devolver *El mundo de Sofía.* Lo cambia por una edición bilingüe de *Les fleurs du mal.* Me dan una piruleta de propaganda de La Caixa y vuelvo a pensar en la luna, por los colores.

Caminamos hasta llegar al paseo marítimo. El aire se extiende helado sobre el mar, como otro mar superpuesto, vaporoso. Ahora es imposible, lo que se dice imposible, obviar la luna. Sigue suspendida ahí, a un tiro de piedra. Su reflejo magenta divide el agua negra en dos mitades y, a trechos cortos, se desfleca siguiendo la línea de cabotaje. Hay submarinistas buceando y sus linternas parecen cascotes de estrellas rotas que se han caído. Todo, todo es tan total que siento deseos de llorar. Siempre es así conmigo, y algún día explotaré si no encuentro con quien compartir la belleza que veo en todas partes. Nadie me ha enseñado, es cosa mía esto de ver la belleza a mi alrededor. Sé mirar y quedarme con lo bonito. Seguramente porque la belleza está en todo. Y entonces Marc me pregunta, poniéndome un dedo en los labios, supongo que porque, en el fondo, no desea mi respuesta:

—Chist. ¿Sientes la ondulación de este silencio?

Ya me lo habían dicho, ya. Estaba avisada de que Marc era un poco rarillo. Al menos, ésa es la fama que tiene. Y la de leer demasiados poemas. Por eso me gusta. No sé qué quiere decir con «ondulación del silencio», pero las palabras poco importan: son lo que se siente. Y yo siento que el silencio nos envuelve y está vivo. Todo habla a nuestro alrededor.

Nos sentamos en el muro de piedra del Passeig Marítim. Por aquí y por allá, se ven pescadores pendientes de su caña y sus trebejos. Huele a mar que flipas. Apoyamos nuestras cabezas uno en el otro, y nos cruzamos las manos por delante, las dos suyas por encima de las mías. Al principio, siento un calorcillo que paraliza. Luego quema y quema. El fulgor pálido de la luna llega hasta nuestras mochilas, arrumbadas en el asfalto contra el paredón. Es muy incómoda la postura; me duele el cuello, los brazos, que casi no apoyo en sus muslos, y la paletilla izquierda, pero no muevo ni un músculo porque, si lo hago, se alejará su aliento pequeñito y caliente, nervioso como un hámster entrando y saliendo de su cubil. Luego está su anorak, su olorcillo tibio, de nido. Algún día tendré valor para decirle que me gustaría ser del tamaño de un dedal para meterme por el cuello de su camisa.

No hablo, estoy aprendiendo que la belleza también puede compartirse sin palabras. Y hasta puede que sea la mejor manera de hacerlo. Ya no me avergüenzan mis manos manchadas de rotulador, y eso que la luna se empeña en resaltarlas.

Sé que es tardísimo, pero me importa un rábano. No miro la hora, ni la suya ni la mía, aunque nuestros relojes están bien a la vista. Cada vez que pienso en mi casa, parpadeo muy fuerte y la alejo. A la casa y a todo lo que contiene. A la porra el recuerdo. Contra viento y marea, con todas mis fuerzas, deseo aprovechar este instante. Porque, aunque ya dura horas, lo disfruto respiración a respiración y ni siquiera me importa la postura. Desde muy pequeña sé que los hechizos existen en la quietud.

Es él, Marc, quien aparta su cabeza y endereza el cuello. Se pasa la mano por el pelo tieso y fuerte. Y yo, como si en lugar de ser yo fuera otra persona, lo beso en los labios. Me levanto de un brinco, asustada por mi atrevimiento, y me sacudo el frío enganchado en las articulaciones a saltitos. Disimulo el corte que me da la situación como puedo, toqueteándolo todo: la mochila, la bolsa de la piscina, la cremallera de la parka, la goma del pelo, pero él, el gran hechizador, tranquilamente, hechizando al hechizo, se acerca, me levanta la barbilla y dice buscándome la cara como si buceara:

—Te quiero, María.

No le contesto, me quedo tiesa, embobada, mirando cada uno de sus ojos por separado, como si no perteneciesen a la misma persona. Descubro dentro de ellos el reflejo de la luna entre fucsia y naranja y sé que algún día le hablaré, sin miedo al ridículo, de esta luna total.

El pensamiento más generoso posible

ANTES de sentarme a escribir, releo lo del día anterior. No sé si es un truco de buena o mala escritora, pero el caso es que a mí me funciona.

Por lo general, cambio bastantes cosas. Eso no quiere decir que esté muy segura de las correcciones; la prueba es que a veces vuelvo a dejarlo como estaba.

En el repaso de hoy, he tenido dos experiencias nuevas para mí desde que estoy embarcada en esta novela.

Primera: no he cambiado ni una palabra del capítulo anterior.

Segunda: hasta el final del capítulo, no me he fijado en que el tiempo verbal es el presente.

No he cambiado ni media palabra porque no le he encontrado ni un pero. Estoy orgullosa, me parece precioso. Para mí, lo más bonito que ha escrito nadie en los últimos cien años. Pero no me engaño, conozco el motivo: en lugar de leer las palabras escritas, he estado viendo lo que viví con Marc. Es como si repasara una suma mal sumada y, por conocer de antemano el resultado, la diera por buena sin fijarme en los números. Por eso dice el Chulo que los escritores consagrados olvidan su novela en el cajón seis u ocho meses, para corregirla después con mayor objetividad y desapego. Ven los defectos con más lucidez y no se sienten tan implicados en su obra, sobre todo si ya han iniciado otra. Está claro que en el capítulo del paseo y de la luna no leo las palabras, sino que recuerdo mis emociones. Y no sólo no le veo defectos, sino que, además, me parece de antología y digno de figurar entre los clásicos contemporáneos. He dicho.

Que lo haya escrito en presente de indicativo tiene su explicación psicológica y hasta su lógica, para qué vamos a engañarnos. Cuando escribes una narración en pasado perfecto, te da la sensación de que va concluyendo a medida que la vas escribiendo. Es como si se fueran cerrando puertas. Sin embargo, me parece a mí que el tiempo en presente cristaliza la escritura y la deja abierta de par en par en un grabado eterno. Si vas a mirar, es normal que me confundiera de tiempo verbal, porque ayer por la tarde yo quería que se parara el mundo; por eso lo detuve con la literatura.

La vuelta a casa, después de lo de Marc y mío, digo, de lo nuestro, fue penosa, patética. No esperaba menos. Mi madre me miró de arriba abajo y, ¡paf!, antes de que me diera tiempo a saludar, ya me había arreado una hostia que casi me tumba. Bueno, sin el casi. Fue tan fuerte que en el rellano de la escalera sonó a golpe de castañuelas, palabra. Después, como si hubiera cumplido con un deber desagradable, pero ineludible, mi madre dio media vuelta y se sentó a llorar, eso sí, delante de la tele.

Esta vez le tocaba a Jaime echarme la bronca por mi retraso.

—¿Para qué hay cabinas telefónicas en las calles, di? Aquí todos acojonados por la mico esta de las narices. Mamá llamando a tus amigas y nadie sabía nada de ti. ¿Dónde has estado, si puede saberse?

—Eso es lo que pasa, tío: que no puede saberse.

Si no llego a esquivar el codazo, me despanzurra el hígado, el bestia de él.

En la cocina estaba todo recogido. Ni señales de cena. No era cosa de ponerme a abrir armarios y sacar cacharros y sartenes, así que me escabullí directa a mi cuarto. Me eché en la cama abrazada a mi mochila. Olía a Marc y a mar. No permitiría que nadie estropeara mi felicidad. La piña de mi madre no tenía suficiente fuerza para enturbiar la luz de luna que había bañado mi rostro durante más de tres horas. Me incorporé para sacar el espejito de la mochila. Los ojos me brillaban como brasas y me sentía encendida por dentro, con unas ganas increíbles de respirar hondo y de moverme. La felicidad no me cabía en el cuerpo. Podía notar la corriente de la vida moviéndose dentro de mí como un río. ¡Uuaaauuu! Muy fuerte. Retiré la silla, pegué la cama a la pared y bailé con los auriculares puestos y los ojos apretados para que no se escapara nada de mi cuerpo, para no desperdiciar nada.

Bailaba en mi cuarto, en un trocito de suelo que había despejado, pero me veía en la playa, descalza, dando vueltas y vueltas con los brazos abiertos como una derviche sideral. Las estrellas lejanas e innumerables giraban sobre mi cabeza. No me cansaba de girar, ni siquiera me mareaba. De pronto me detuve y abrí los ojos. Roger estaba sentado en mi cama, mirándome. Me descolocaron sus ojos: no vi tristeza en ellos, sino ternura despertándose. Me quité los auriculares y entonces él se levantó pesadamente, como si se levantara de muy abajo. Me pasó la mano por la cabeza, despacio, con infinita debilidad, y se marchó como había entrado: sin hacer ruido y sin molestar.

—¡Eh, tú! ¿Querías algo? —le grité a las espaldas, cuando me recuperé de la sorpresa.

—No, nada, verte —me contestó.

—¡Pues ahora ya me habéis visto todoooоos!

Al final lo habían conseguido. El día maravilloso se había hecho añicos. Me lavé el pelo con agua fría y me metí en el sobre con la cabeza mojada.

A la mañana siguiente me levanté nueva. Había sobado de un tirón, sin despertarme en medio de la noche por culpa de mi tripa vacía. Pasón total de gaitas familiares. Lo único que me importaba y me ponía la adrenalina a tope era pensar en que vería a Marc después de la clase del Pasmao.

Por el patio de luces se oía a la hortera de la vecina cantando *La quiero a morir,* de Manzanita. Pero, lo que son las cosas, no me pareció tan hortera ni la canción ni la vecina. Si la escuchas con atención, la letra es guay y la voz de gapo atragantado de Manzanita es sexi a morir. Mientras me lavaba los dientes, bailaba la rumba delante del espejo, ele.

En la hora libre, Jana, la Vero y yo nos fuimos a comprar un bocata a Las Guarras. Marc nos esperaba en el quiosco de enfrente fumándose un cigarro y nos saludamos con las chorradas de siempre. Estamos de acuerdo en fingir para que no se entere nadie. Son un poco bestias con las bromas. Bueno, somos todos. Todavía me acuerdo de cuando les pusimos a Marta y a Bollo una bomba fétida debajo del culo en El Avispero. Era al principio, y la pobre Marta estaba roja como un pimiento morrón, muerta de vergüenza. Los de la B, que son más cafres que los de nuestra clase, empezaron con que Marta se había tirado un pedo. La reacción de Bollo fue total. Se notaron sus años y el rodaje en la uni. Agarró los cascos y se llevó a Marta de la mano diciendo:

—Penoso, patético.

Esas dos palabras, Bollo las tiene siempre en la boca y se las ha pegado a Marta, Marta a Jana y Jana a mí.

En resumen, que los que nos fastidiamos con el olor a huevos podridos fuimos nosotros, porque ellos desaparecieron con la burra a toda pastilla y el camarero casi llama a la guardia urbana, que en ese momento estaba pegando un voltio.

Desde entonces, Marta se despegó del grupo, aunque diga que la bomba fétida no tiene nada que ver. Se acerca por Brisa Marina algunas tardes cuando organizamos grupos de estudio en vísperas de los controles. Pero lo que es por El Avispero no ha vuelto a aparecer.

Nos comimos los bocatas de Las Guarras sentados en las escaleras de Hacienda. El sol te pega justo de frente. A Marc se le veían mogollón de granos y espinillas, sobre todo en el cuello, pero no me importa. Yo también tengo mis cutreces, aunque me las disimulo muy bien con maquillaje.

Estuvo bastante plasta con el tema de la cárcel. Antes me gustaba más oírle contar sus batallitas, pero el otro día tenía celos hasta de los presos, y eso que ni los conozco ni los conoceré en mi vida.

—Pues lo que yo veo que has ganado yendo a la cárcel es que ahora fumas y antes no fumabas. Eso es lo que has ganado.

Se me notaba mucho que estaba de mal café y eso aún me ponía de peor café. Estoy empezando a creer que las emociones negativas tienen algo que ver con la nata batida: aumentan y aumentan.

—¡Ah, por eso no te preocupes! —Marc tiró el pitillo

recién encendido y lo apagó con la suela—. En cuanto quiera, lo dejo y ya está.

—No es tan fácil, ¿vale?

—Si no se traga el humo, sí —intervino Jana.

—Mi madre fuma sólo los sábados por la noche, y eso que se lo traga —dijo la Vero.

—Bueno, perdón, no he dicho nada, ¿vale? —me parecía que todo el grupo estaba contra mí, me estaba entrando la paranoia.

—¡Joder, tía, cómo te pones!

—Me pongo como me da la gana, ¿vale?

—Además, si quiere fumar está en su derecho —dijo Jana, sonriéndole a Marc a la descarada.

—¿Tienes un *cigorra*? —Tito apareció cacheándose los bolsillos de su chaleco camboyano.

—¡El que faltaba *pal* duro! —lo dije demasiado fuerte y asqueada.

—Oye, María, que si molesto me abro.

—La que se abre soy yo. Me largo a repasar un rato los apuntes, ¿vale?

En la portería del cole me volví a mirarles: Marc y Tito fumaban tranquilamente, Jana y la Vero se reían entre ellas, y mi rabia se había transformado en ira.

En la clase estaba Alba empollando. Me senté a su lado y, poquito a poco, me calmé y acabé estudiando yo también. Cuando entró el rebaño, yo ya tenía *in mente* una lista de dudas respecto a mi novela.

El Chulo pidió que levantáramos la mano los novelistas. La levantamos tres, Enrique, Alba y yo. Enrique no supo explicar muy bien su trabajo. Según él, está haciendo algo entre *Morirás en Chafarinas* y *Todos los detectives se llaman Flannagan*.

—Total, que no nos enteramos de si la cosa va de un soldado misterioso o de un misterio lleno de soldados —comentó el Chulo, cachondeándose de Enrique y mirándonos a las chicas, haciendo gala, una vez más, de su famosa discriminación positiva.

Alba dijo que tenía su novela bastante adelantada. Yo, que la mía se podría incluir en el género de novela psicológica. A saber si mi clasificación está bien aplicada, pero como el Chulo no preguntó más, la cosa me quedó redonda.

—¡A ver, dudas! —el Chulo se dirigió al resto de la clase.

Rosa María le preguntó a Alba que cómo se le había ocurrido un argumento «tan, tan, tan total, porque es que es total». Así nos enteramos de que Alba tiene un tío aviador que ha dejado de pilotar porque sufre de acúfenos en ambos oídos.

—¡Entonces no era totalmente imaginación!

Solté el comentario en voz alta y me corté porque, más que una pregunta, fue un suspiro de alivio y creo que Marc se dio cuenta.

—Nadie puede crear de la nada, sino Dios —aclaró el Chulo a mis espaldas—. Por mucho que oigáis por ahí que el gran reto de un escritor es escribir sobre cosas que no conoce como si las conociera, no os lo creáis. El escritor siempre vierte en el papel parte de su ser más íntimo, incluso si está escribiendo una novela de marcianos. Eso quiso decir Flaubert cuando exclamó: «*Madame Bovary, c'est moi!*».

El Chulo dejó de pasear y se plantó frente a mí.

—Háblanos de tu novela, María.

En ese momento fui consciente de que mi novela carece de argumento y me quedé más o menos en blanco.

Bien, yo... escribo sobre una familia..., sus conflictos internos..., sus relaciones, yo...

—¿Una novela generacional? —el Chulo jugaba con su trocito de tiza.

Ni *flowers* de lo que significaba eso de novela generacional, pero contesté con la mano que así así.

—¡Pero pasará algo! —gritó Tito desde la última fila.

Me invadió la rabia. El muy imbécil, con tal de saltarse la explicadera, es capaz de fastidiar a quien sea.

—Claro que pasan cosas.

—¿Qué pasa? —preguntó Alba con voz limpia e interesada por el tema.

—Pues que uno de los hermanos está enfermo.

—¿Eso es todo? —al Chulo se le nota mucho la tirria que me tiene.

—Es un alcohólico que empieza a planteárselo.

—No lo entiendo.

Lo que más me dolió es que ese comentario saliera de la boca de Marc.

—Pues que aún no se ha planteado a conciencia si es o no es alcohólico.

El Chulo descendió de la tarima y fue preguntando por el pasillo:

—¿Quién lo entiende?

Nadie lo entendía y, a decir verdad, tampoco yo.

—Tendrás que hacernos una sinopsis un poco más profunda de tu novela.

La cabeza me hacía zasbumba, zasbumba, sin parar, zasbumba. No sé a los demás, pero a mí me ocurren cosas así: por chulear, por presentar las cosas como más complicadas y profundas, hablo sin fundamento, sin conocimiento de causa, que dice la Acelga.

Yo ahí, en mitad de la clase, con todos los ojos clavados en mí. No había más narices, se trataba de un sálvese quien pueda. No tenía más remedio que salir del atolladero explicándoles lo que había querido decir con lo que había dicho, aunque ni yo misma supiera ya qué había dicho ni qué quería decir lo que había dicho.

—Pues muy sencillo. Que un alcohólico es un enfermo.

—Eso está bastante aceptado en estos tiempos —respondió el Chulo—, pero tú decías que «empieza a planteárselo».

—Perdón, pero yo discrepo —Rosa María se levantó y nos lanzó uno de sus trallazos de la época victoriana a que nos tiene acostumbrados—. Yo soy de la opinión de que las cosas no son tan sencillas, y de que, hoy en día, simplificamos demasiado. No creo que un borracho sea un enfermo. Un borracho bebe porque le da la gana.

En este punto se montó un guirigay y todo el mundo se lanzó contra Rosa María, como siempre. Incluso Alba, que lo tiene todo clarísimo y eso se nota en su forma de expresarse, le soltó a bocajarro:

—En tu cabeza sólo existen tu idea y la idea equivocada. Tu idea siempre es preconcebida y, por supuesto, la idea equivocada es la del otro. ¡De verdad, no te aguanto!

En el fondo, Rosa María flipa con estas cosas y aún se pone más borde y autoritaria. Tope facha, pero, también en el fondo, nadie le hace ni puto caso. Nos sirve de frontón para lanzarle nuestras puyas y así creernos más liberales, eso es todo.

Una vez establecido el consenso de que el alcohólico es un enfermo, todos los ojos se volvieron hacia mí, esperando que aclarase lo de mi novela.

—Bueno, pues uno de los hermanos se pasa la vida

echado en la cama. Le dejó la novia, no tiene trabajo y bebe sin parar.

—Pues que busque trabajo, de lo que sea, para empezar.

—Y que se eche otra novia.

—No puede hacer nada con su persona, necesita ayuda, está enfermo. ¡Es alcohólico!

No las tenía todas conmigo sobre si era cierto lo que decía. Sin embargo, si olvidaba mi novela y sólo pensaba en Roger, veía claramente que sí, que no valía para nada porque estaba muy enfermo. O estaba muy enfermo porque no valía para nada.

—Pero vamos a ver: si encontrara otra novia, o un buen trabajo, dejaría de beber, ¿no?

Alba tampoco parecía conforme con mi argumento y eso me creaba más angustia todavía. En clase, que Alba le dé la razón a alguien suma puntos. Estuve a punto de claudicar, pero volvió a mi mente la imagen triste de Roger. Para mí, ya no se trataba de la credibilidad de mi novela, sino de mi hermano. Una cosa me llevó a la otra. O viceversa.

—No. La novia, el trabajo, la muerte de un ser querido, un uñero infectado o una almorrana son simples excusas a las que se agarra el enfermo de alcoholismo para beber. El punto de partida es su enfermedad.

—Pero si al chico le saliesen bien las cosas, no bebería. No te hablo de excusas, te hablo de realidades. Tú pon que le nombran jefe de una empresa ya montada, o que una Claudia Schiffer local se pirra por él. ¿Qué? ¿Seguiría dándole a la botella?

Alba me lo ponía difícil. Tenía, a toda costa, que retirar los ojos de su cara, de la cara de todos, incluso de la del

Chulo, que me miraba serio y callado como si se le hubiera tragado la lengua el gato.

—¿Y por qué hay personas sin trabajo, sin novia y con desgracias horribles, como pueden ser un hemipléjico, el único superviviente de una familia o alguien con anticuerpos de sida, que no se refugian en la bebida ni en ninguna otra droga?

Mi pregunta vibró en el aire fuerte y brillante como una guirnalda de papel charol. El curso al completo la miraba, sopesando su vaivén, su forma, su claridad. Su impecabilidad. (¿Te gusta la palabra, Acelga? Im/pe/ca/bi/li/dad: cualidad de impecable.)

¡Y yo también! Yo sentía que en mi cabeza se había accionado un interruptor. De forma automática, se me había abierto una espita por donde la luz entraba a borbotones. Todo se ensamblaba dentro de mí y este ensamblaje me traía la convicción de que, en cualquier rollo que te pase por la cabeza, si buscas el pensamiento más generoso posible, se alcanza una verdad más amplia y profunda que la anterior.

—Claro, claro —susurró Alba para sí misma—. Claro.

Alba se sentó, Rosa María sonrió sarcásticamente y Marc carraspeó en la última fila de la clase y empezó a hablar. No me volví a mirarle.

—Estoy de acuerdo con ella, con María. El talego es el mismo para todos y, sin embargo, unos presos se drogan y otros no. Y eso del talego sí que es una «excusa» fuerte para cualquiera. Tan fuerte que no tengo muy claro si habría que decir «motivo» en lugar de «excusa». Para que lo entendáis, en la cárcel drogarse es escapar, romper las cadenas, abrirse a otros mundos —en este punto, Marc se embaló—. Tío, se pican caballo hasta con los *pilots* de punta fina; es un mal rollo, de los malos de verdad. ¿Sabéis lo que es eso? Se pican con el mismo *pilot* varios reclusos y luego lo esconden en la revuelta del tigre.

—¿Qué es el tigre? —preguntó Rosa María, siempre más atenta a la forma que al contenido.

—El váter, ¿vale?

—¡Qué horror! ¡Qué asco!

—Se trata de mucho más que de tu sensación de repugnancia, ¿no crees, Rosa María? —puntualizó Alba con ironía.

El Chulo le hizo un gesto a Marc para que continuara y pasara por alto las interrupciones.

—El otro día, anteayer, había uno, os lo juro, había uno que se había tragado dos o tres muelles de somier para que lo llevaran a la enfermería y le dieran calmantes. Por una *Reynols* o un *Valium* son capaces de vender el alma. Pero no os vayáis a creer que aquello es otro mundo; es igual que éste, aunque tal vez con menos hipocresía.

Me fijé en el Chulo. Se había sentado en la esquina de la mesa y balanceaba una pierna. Con la otra se apuntalaba en la tarima para no resbalar. Me acordé del lenguaje gestual que días atrás nos había explicado y me extrañó verle con los brazos cruzados por delante del pecho. ¿Tenía miedo de nosotros, de lo que oía? La Acelga lo resume todo diciendo que uno siempre tiene miedo de sí mismo.

—Marc sí que podría escribir una buena novela —dijo la Vero, seguramente prestando su voz al sentir de muchos.

—O un buen estudio lingüístico del argot carcelario —comentó Rosa María.

Era hora de recoger. El Chulo se había levantado de la tarima y escribía algo en la pizarra. Nosotros hablábamos en corrillos. Marc, Tito y el Guti fumaban en la puerta.

Alba se acercó a mí y me propuso un trato: intercambiarnos las novelas y criticárnoslas la una a la otra.

—Lo hacen en los cursos para escritores. No hay mayor secreto. Escriben y luego se dan caña unos a otros con sus novelas —dijo el Chulo desde la tarima y sin volverse a mirarnos.

Para salir del paso, le prometí que lo pensaría, pero jamás se la dejaré. Acabo de comprender que mi novela, tal y como está en estos momentos, es ingenua; tendría que pulir muchas cosas. Si Alba la leyera, me sentiría igual que si me hubiese visto el alma con un escáner.

De refilón, me fijé en los versos de Machado que el Chulo había dejado escritos en la pizarra:

¿Tu verdad? No, la Verdad
y ven conmigo a buscarla.

Es Chulo porque puede. ¡Es auténtico!

La aceptación, empiezo a entenderlo

N*ULLE die sine linea,* dicen los profesionales, y el Chulo también. Así que aquí estoy, ante el ordenador, sin saber qué escribir, aguardando a que venga la musa.

Para empezar, podría escribir que hay dos Marcs, uno el de la cárcel y otro el de los paseos conmigo. Bueno, seguramente debe de haber muchos más. Las personas tenemos muchas caras, más que un rombododecaedro. ¿Cuál será la auténtica de Marc? ¿Cada una de ellas? Me gustaría conocerlas perfectamente e integrarlas todas en una. Quizá juntas suman su alma y estoy pidiendo demasiado.

El silencio del piso es sepulcral. De vez en cuando, un ruido leve, como una sombra deslizándose, me advierte que, a estas horas, Sión es el único habitante de esta casa. Me había acostumbrado al olor de Roger. No exactamente a su presencia, pero a saber que estaba ahí, echado en la cama.

Mi hermano es un miembro de AA. Dicho así, suena a algo importante, pero solamente quiere decir que tres tardes a la semana va al grupo de Alcohólicos Anónimos en Sant Antoni de Padua, la capilla del barrio. Buena voluntad ya tiene, ya, porque siempre le ha caído gordo todo lo que huele a sotana y sacristía.

No le preguntamos nada; tampoco él cuenta. No sabemos de qué hablar con él. Estamos más tiempo juntos, eso sí. Nos reunimos a cenar cada noche, pero es como si hubiéramos perdido la capacidad para hablar entre nosotros, aunque sea de tonterías. A veces, haciendo una pasada de esfuerzo, Jaime le pregunta: «¿Qué, chaval, cómo va el Barça?». O yo me enredo a hablar del Ocell, hasta que me veo a mí misma como una plasta empeñada en taponar los espacios de silencio y, bumba, me paro en seco.

Mi madre hace ver que nos trata a los tres por igual, con la misma naturalidad, pero hasta el pulso le tiembla cuando le sirve la sopa o le aliña la ensalada a Roger. Ayer noche se notó tanto que comentó riéndose:

—El viejo me ha pegado su tembleque. Mientras no me pegue el Alzheimer...

Roger se medio rió, es decir, hizo una mueca con los labios y mi madre ya no paró de darle a la hebra con el párkinson del buen hombre. Nunca había hablado tanto de su trabajo. Para cortarla, le dije que el otro día la vi.

—El otro día te vi tomando el sol con él.

Inmediatamente después de háberselo dicho, me arrepentí. Me sucede una cosa: cuando veo a mi madre arrastrando la silla de ruedas del viejo, no lo puedo remediar: me muero de vergüenza. Ya sé que es un trabajo digno, que hay voluntarios que lo hacen por amor al arte; sin ir más lejos, muchos de la B, entre ellos el Guti y Rubén, el cachas culturista, se han apuntado a ancianos en EATP, pues, aun así, me da corte. ¡Es que a mi madre le tocan los viejos que ya están para el arrastre!

—¿Por qué no me saludaste? —preguntó mi madre blandiendo el tenedor delante de ella.

—Cerraban la biblioteca y Jana tenía que devolver un libro. No nos podíamos entretener.

En general, Roger escucha este tipo de conversaciones

como si estuviera descubriendo el mundo, o como si no quisiera molestarnos con su presencia. A veces parece tan violento que temo que dé tal puñetazo en la mesa que salten los vasos y cubiertos por el aire. Así es como yo me imagino a los alcohólicos, pero se conoce que los hay de muchos tipos y mi hermano es de los pacíficos y melancólicos, como fue mi padre.

Se oye el ascensor y un ruido de llaves. Abren la puerta. Mi madre no, seguro, ella entraría protestando que si le pesan las bolsas, que si las cervicales, que si viene reventada. Jaime tampoco, ése avisa desde el recibidor «¡gente!» y arrea un portazo que tiembla el piso entero. Los pasos son de Roger y están recorriendo el pasillo. Pasan de largo por el comedor, su dormitorio y el cuarto de baño. Viene hacia aquí. Entra. Se sienta en la cama y enciende un cigarro. Huele a tabaco que apesta; desde que va al grupo fuma más. Ellos dicen que son adictos al café, a la limonada, a los caramelos y al tabaco.

No puedo estar escribiendo mientras mi hermano está sentado detrás de mí. De un momento a otro, me preguntará qué estoy haciendo. Voy a archivar y me dedicaré a él. Esta noche, cuando todos estén durmiendo, continuaré. Sigo sin inspiración, pero ya he cumplido con el *nule die sine linea*.

—¿Qué tal?

Es él quien pregunta. Me giro. Observamos las anillas de humo que salen de su boca. Le quedan chulas, espesas y bastante iguales. Dos, tres, cuatro, la última ya no tan bien, y además le sale un ruidito con la boca, como una pedorreta de bebé. Aspira humo y vuelve a empezar.

—¿Qué? —pregunto.

—Pues eso, que qué tal.

—Mira, haciendo los deberes de literatura.

—Era muy largo lo que escribías.

—Sí.

Qué fastidio de diálogo, cómo cuesta. El humo espesa el ambiente, denuncia nuestro silencio. Se podría cortar con tijeras, el humo, el ambiente y el silencio, todo. Nos cuesta cantidad la comunicación, pero nos lo hemos propuesto, se nota. Los dos sabemos que es necesaria, que hay que recuperarla y que en ella está el quid de la vida. Hay que currársela.

—Tengo la burra en el taller.

Roger jamás me hablaría de sus problemas con la moto. Al menos, antes no. Pero tampoco me hablaba de ninguna otra cosa, de modo que le pregunto, haciéndome la interesada, no demasiado para que no piense que sólo trato de seguirle la corriente:

—¿Qué le pasa?

—Pierde aceite.

Si fuera una de mis amigas, nos reiríamos. Haría el chiste fácil y luego le diría que me lo había puesto a huevo. Pienso todo esto delante de mi hermano mayor. Lo veo tan mayor, tan lejos de mí, tan silencioso y simple como una montaña. Si no la conoces, puede hacerte daño.

—Supongo que no es una avería importante.

—Vale pelas.

—¿Cuántas pelas?

—Para mí, muchas.

Roger sacude las anillas de humo. Y ahora entra Sión ronroneando. Se restriega por las botas de Roger (ya no las lleva con hierros en las punteras) y luego se estira. Acabo de darme cuenta de que mi gato es precioso cuando se estira. Pega mucho decir que su espinazo se curva voluptuosamente, pero es un calificativo de novela rosa y tendré que buscar otro. El caso es que se despereza a cámara lenta desde la cola hasta la punta de los bigotes. Si no fuera porque es un animal, diría que busca lucirse. De un salto felino se encarama a la percha donde tengo amontonados mis peluches y, desde allí, nos observa con mirada lejana y pacífica, de león habituado a altas perspectivas.

—¡Qué bonito es! —dice Roger torciendo un poco, sólo un poquitín, la boca. Es todo lo más que ofrece como sonrisa, todavía.

Su afirmación y el intento avergonzado de su alegría me llenan los ojos de lágrimas, no lo puedo evitar, y ¡anda que no me da corte ni nada!

—Lo más bonito del mundo, tú di que sí.

—Tampoco te pases.

—Ni un pelo. Y pobre del que me diga lo contrario.

—Me recuerdas a uno del grupo

—¿A quién?

Es la primera vez que Roger me habla del grupo, que habla en casa del grupo, y no quiero que se vuelva atrás, que piense que es algo suyo solamente, algo que nos separa. Estoy contenta de mí, de mi naturalidad para encauzar una conversación por donde más le convenga a mi hermano.

—Al Sevil, a Paco Sevil.

—¿Tiene un gato?

—No, que siempre está con eso de «¡pobre del que diga lo contrario!».

—De los que se lían a tortas, vaya...

—Qué va, es un cacho de pan. Todo lo bueno que dice para animar, lo apoya con un «¡pobre del que diga lo contrario!». «Roger, tú eres un tío cojonudo y pobre del que diga lo contrario».

—Pues es la primera vez que yo lo uso, qué casualidad.

—Te petas de risa con él. Cuentan que cuando asimiló que era alcohólico, se fue al grupo y les soltó: «Me llamo Paco, soy alcohólico y pobre del que me diga lo contrario».

No sé qué decirle a mi hermano y me dejo ir. Siento como una zozobra, un repelús, tal vez porque he soltado el timón. Me pregunto cuánto debe haber aprendido en este mes de ir al grupo, de escuchar problemas, de ver a hombres y mujeres haciendo todo lo posible por salir de su propia miseria.

—Ya está la loca esa.

Me refiero a la vecina que no para de darle a la copla.

—Pues ahora que lo dices, hacía tiempo que no la oía.

—No ha parado.

—Ya, ya —Roger baja los ojos y me confiesa—. ¿Sabes? Cuando uno está limpio oye mejor, huele mejor. Se entera más de todo.

—En el caso concreto de la vecina, no le veo la ventaja...

—No lo hace tan mal, la mujer.

La conversación se está apagando. Va a levantarse de mi cama, a estirarse y a abrirse. Y no quiero, todavía no quiero.

—Debe de ser chulísimo oír las historias de los alcohólicos.

Por un segundo he tenido miedo de que Roger se molestara por mi intromisión. O de que me reconsiderara y me viera otra vez como «la nena», su hermana pequeña con la que no vale la pena perder el tiempo. Pero sólo ha sido un segundo, porque ha vuelto a estirar la boca para un lado y me ha dicho.

—Tienes razón, chulísimo.

—¿Empezáis de alguna manera especial?

—No, allí habla quien quiere hablar. Eso sí, siempre se presenta. Si es alguien nuevo, para darse a conocer, y si no, para recordarse a sí mismo lo que le trae por allí.

—¿Cómo te presentas?

—Me llamo Roger y soy alcohólico.

—¿Lo dices cada vez?

—Sí.

—¡Entonces nunca te pondrás bien! ¡Si siempre estás reconociendo que eres un alcohólico, nunca acabarás de creerte curado!

—Yo nunca dejaré de ser alcohólico. Tengo que tenerlo muy presente. No debo olvidarlo nunca.

—¡Pero si ya no bebes!

—Hace un mes y once días, sí, pero soy alcohólico. Lo seré hasta que me muera. Igual que el que no puede comer azúcar en toda su vida porque es diabético, lo mismo.

Es como si hubiera habido dos Rogers, uno bañado en silencio, echándole los tejos a la locura, y otro casi científico que analiza su alcoholismo como un proceso y lo describe. La frontera que separa a los dos es la aceptación, empiezo a entenderlo.

—A veces, va una señora de la edad de mamá. Suele ir los sábados. Aparece con un botellón de trinaranjus y un paquete de sobados. A la señora esa le gusta despedirse con la oración de la serenidad: «Señor, concédeme serenidad para aceptar las cosas que no puedo cambiar, valor para cambiar aquellas que puedo y sabiduría para distinguir la diferencia». Nos va cojonuda a los alcohólicos.

—Ya.

No puedo creerme que Roger esté en mi cuarto diciéndome cosas así. Es un momento increíble. Me siento tan mayor, tan unida a él, tan hinchada, que temo que por las orejas se me salga algún gas raro y me desinfle para siempre. Sión abre los ojos lentamente y, lentamente, los vuelve a cerrar. Lo interpreto como una señal de que todo está en orden. Los tres estamos un rato bien, callados. Este momento lo contiene todo, es tal como debe ser. Hasta que oímos la voz de Jaime y, un poco más tarde, las quejas de mi madre desde el recibidor.

Sión se va directo a ronronear a mi madre. Le roza las medias. Hace bien; después de todo, él tiene muy claro quién corta el bacalao en esta casa.

Unas ganas bestiales de olvidarme de todo

AHORA que entiendo un poco más la enfermedad de Roger, estoy preocupada por mi madre. Tiene la panera llena de tranquilizantes y sedantes que le receta el médico, desde luego. Ella que comprende tan bien la adicción de su hijo, creo que no se entera de la suya. Y para mí que es la misma, idéntica, pero más difícil de detectar porque se disimula con las recetas del médico. La autoridad de la medicina, quiero decir. ¡Vaya una vida! De una manera o de otra, siempre la autoridad diciéndote lo que es bueno o malo para ti.

Todavía no puedo explicarlo científicamente, pero últimamente estoy comprobando que cuando alguien está interesado en algo, le llega la información de todas partes, como si ocurriesen pequeños milagros. Igual resulta que es lo más natural del mundo y que yo no lo había descubierto hasta ahora. Hay cosas que no se pueden preguntar porque corres el riesgo de que piensen que andas mal de la olla. El caso es que desde que Roger va al grupo, me preocupa todo lo relativo a las adicciones, no sólo el alcoholismo, el caballo o las pastis, sino todas. Pues, ¡zas!, no hago más que encontrar cantidad de artículos sobre la adicción al juego, al sexo, a los dulces, al cola-cao, a los yogures, a la televisión, al trabajo... Y no sólo eso, sino que por la calle, en el autobús, en la cola del súper, cazo al vuelo una conversación ¡y es sobre adicciones! Hago *zapping* y me encuentro con una entrevista sobre las adicciones. Me hablan de un escándalo y detrás sale una adicción. Pero el colmo de los colmos ha sido hoy, mientras esperaba a Marc sentada en el banco de siempre. El viento ha arrastrado una hoja de revista, cutre y pringada de aceite, donde se leía una palabra de esas que, de tan enrevesada, se te queda grabada en el disco duro hasta la muerte. Como la de supercalifragilisticoespiralidoso, que te la aprendes para los restos. La *word* en cuestión es *yatrogenia* y el artículo hablaba de las «enfermedades *yatrogénicas*», que son las inducidas por el médico, y el ejemplo, ¡precisamente!, era la adicción a los calmantes, sedantes y tranquilizantes. Explicaba que cuesta mucho salir de esta adicción porque la receta del médico tranquiliza y salva al enfermo de dudas y temores. El perfil de estas personas es... ¡justo el de mi madre! Soledad, más de cuarenta años, trabajo difícil, inestabilidad emocional, falta de medios, presiones familiares, pocas expectativas. No he acabado de leerlo porque ha aparecido Marc sonriendo y yo tenía unas ganas bestiales de olvidarme de todo y pasármelo bien.

Marc se acercaba, como siempre, el más guaperas del mundo, sonriéndome con su dentadura perfecta y mirándome profundamente con esos ojos que le refulgen con tonos amatista o esmeralda, qué morro, según la hora del día. Es guapo, pero guapo, guapo, no hay más vuelta de hoja. En eso estamos de acuerdo todas, y en que es doblemente popelín porque no se entera. Va a su rollo y le importa un rábano ser un cuerpazo. Su rollo es la cárcel, la tolerancia, el mestizaje como futuro de la humanidad, la poesía. Una pasada. Por eso, aunque todo el mundo lo aprecia y lo valora, no lo tiene muy fácil. Las tías lo adoran como a una tía más y los tíos desconfían de él como de un cura, un marica, un voceras o un extraterrestre. Jaime me dice que Marc se parece a él. «Somos hombres de la nueva era, andróginos de alma», dice. «Estamos tan evolucionados como seres humanos, que no tenemos prejuicios en mostrar la parte femenina que todo hombre posee», es otra de sus paridas preferidas.

Volviendo a la aparición de Marc y al banco en que estaba sentada, lo que yo quería era pasarlo bien a tope, pero las cartas venían mal dadas. ¿De qué, si no, va él a plantar la mochila entre los dos nada más llegar? Pues eso, que me besó en el pelo de cualquier manera y sacó la cajetilla de LM.

—He descubierto que pegan a los presos.

Daba vueltas al cigarro como si fuera una bola de cristal y pudiera adivinar algo a través de las rotaciones.

El viento le movía el pelo. Me gusta su cara despejada. En cambio a mí, con el viento, se me destapan los barrillos de la frente.

La hoja de la *yatrogenia* había caído en un alcorque lleno de cagarrutas y meadas de perro. «Por lo menos he aprendido una palabra que tela con la palabrita», pensé al principio, bastante decepcionada. Empecé a escuchar al pobre Marc *in medias res,* como dice la Acelga, en mitad de la cosa, o sea.

—... Después del rastrillo...

—¿Qué es el rastrillo?

—La zona entre la entrada y las galerías. Después del rastrillo hay un despachito con una taquilla en donde guardan las llaves. Estaba cerrada, así que he esperado al funcionario. En el carro de la máquina de escribir había una lista de reclusos a medio hacer. En éstas, entra el funcionario con un par de guantes de jardinero y una porra. Se pega un susto de muerte cuando me ve y lo guarda todo en un cajón. Yo, haciéndome el longuis, le pido la llave de la ocho. De pronto, se oye un berrido que pone los pelos de punta. El funcionario va y suelta: «Manda huevos, estas cosas son las que le joden a uno. Y lo fastidiao es que no hay más remedio; si hay que reducir, hay que reducir». Le digo sí, sí, con la cabeza, sin saber qué es eso de reducir, aunque empezaba a pillarlo. Atravieso el pasillo, me largo a las galerías y, en eso, que me abre el del panóptico y se escucha otro alarido. Por toda la cárcel, María, te lo juro, por toda la cárcel. Arriba, en la siete, los gitanos dale que te pego con su cante. Abro la ocho, le doy a la luz y empiezo a escribir algunas palabras mientras espero. Los que vienen conmigo para reducir la pena son neolectores y extranjeros, africanos en su mayoría. Según van llegando, les pregunto y me entero. Darles una manta de palos, eso es reducir. En las prisiones españolas siguen reduciendo. Incluso en la de aquí, que es una cárcel de conducción, para los que todavía no han sido juzgados. Otro grito. «Es el Pescuezos, que lleva ya tres semanas en chupano». «¿Y qué es eso del chupano?», pregunto. «El cangrejo», me contesta uno, «una jaula redonda, incomunicada». «La cárcel dentro de la cárcel», dice otro. «No ves a nadie ni hablas con nadie, por eso lo llamamos chupano, porque te lo chupas día a día, un mes, dos meses, sin droga, sin alcohol, a pelo, día y noche. Se sale tocao. Al último, al Miurilla, se le caía la baba». Les dan ataques de locura, se estampan contra los barrotes, lloran, gimen, maldicen, y entonces es cuando el funcionario de guardia entra a reducir.

—Qué fuerte.

Muy fuerte, demasiado fuerte para que yo pudiese digerirlo también a pelo. Le pedí un cigarro y Marc encendió dos. Le vi dos lágrimas quietas y grandes como ampollas. Soplé y le estallaron en las pestañas, pero se le volvieron a formar. Debía de ver mi cara en movimiento como desde dentro de una piscina, pero no sé qué me pasaba, no podía levantar un dedo para quitárselas, sólo podía mirar sus grandes ojos tristes como charquitos temblorosos. Sentía un nudo en la garganta, pero, a la vez, una emoción mucho más dulce y exquisita que nuestros achuchones por los rincones. Por fin, le limpié la cara de lágrimas y me hubiera gustado limpiarle el corazón de penas, pero él seguía lejos, muy lejos de mí. Juntos, aprendíamos que la vida de dentro de cada uno es la que cuenta, y los demás, por mucho que nos quieran, sólo pueden dejar que nos transcurra, nada más.

Me moría de ganas de sacudirle y de gritarle: «¡Deja ese voluntariado odioso en el que te has metido!». Menos mal que me reprimí, porque cuando nos despedimos me dijo:

—Voy a hacerme educador de prisiones.

Creo que iba en serio y que ha descubierto lo que quiere ser en esta vida. Yo, sin embargo, no tengo ni idea: a veces pienso que psiquiatra; otras, que le estoy cogiendo gusto a esto de escribir. Pero ya me guardaré bien de decirlo; suena a comentario de cría. Una no va pregonando por ahí que quiere ser escritora. Eso lo tienen que reconocer los demás. Después, ya sí; después, cuando te haces mayor y publicas, puedes decir la parida esa de «a los ocho años empecé a escribir mi diario».

Las dos caras de una moneda

La Acelga nos ha dejado alucinados. Ha sido una pasada. Se ha quedado con el curso al completo porque estábamos A y B.

Siempre lo diré: para ser un cole de monjas, tenemos potra con los profesores. Es la fama que tenemos, y las notas de selectividad cantan por sí solas.

Y es que, bien mirado, de todos se aprende. El que te enseña bien, porque te enseña bien, y el que no, porque te obliga a espabilarte. Ya se sabía que la Acelga tiene buenas respuestas y que de filosofía sabe un montón, pero lo de hoy ha sido demasiado porque la hemos pillado desprevenida.

Rosa María ha comentado a saco que el espigón está lleno de preservativos usados. Decía que no le parecía bien lo que estaba ocurriendo, que se practicara el sexo con tanta facilidad. Como siempre, había dos bandos y ella estaba en el de la gente guapa, cómo no. La Acelga nos escuchaba a unos y a otros. Rubén, el cachas culturista, defendía el sexo puro y duro en todo momento, como ejercicio gimnástico.

—No hace falta que te hagas la estrecha. Si no te gusta, pasas de sexo y ya está.

—No lo veo bien, qué quieres que te diga, ahí, en fila, por todo el espigón. Preservativo usado, *kleenex,* preservativo usado, *kleenex,* preservativo usado, *kleenex.* Es repulsivo, vaya

—No iba a estar el preservativo sin usar, no te joroba.

—Por lo menos podrían tirarlo a la papelera.

—Tía, si es por eso, la brigada de limpieza del Ayuntamiento barre y recoge todo lo que encuentra.

—Sí, pero si alguien quiere hacer *footing* a las siete de la mañana...

—No serás tú ésa, ¿a que no?

—¿Qué pasa? ¿Y si quiero ir?

—Pues te echas a un ladito para no pisar.

—¿Y si no quiero?

Parecía que la discusión no iba a acabar y, al final, una no sabía si lo que le molestaba a Rosa María era pisar los preservativos o que la gente practicara el sexo. Entonces fue cuando saltó la Acelga y dijo:

—Te propongo una cosa, Rosa María, a ver si te sirve. ¿Te gusta ir a pasear por el espigón?

—Claro.

—¿Y te molesta ver los preservativos en el suelo?

—Ah, a ti no...

—¿Por qué no haces lo que hago yo, cuando voy a hacer *footing* a las siete de la mañana?

—*¿Lo qué*?

—A ver si hacemos buen uso de la norma lingüística, mona.

—Está bien, ¿qué haces?

—Muy fácil. Cuando veo un preservativo usado en el suelo, pienso: «Otro aborto que no ha tenido lugar; un sida que nos hemos ahorrado; he aquí un embarazo no deseado que no ha comenzado». Así de fácil. Hasta me ayuda a respirar mejor y a correr con más energía.

Y lo que son las cosas, la Acelga nos ha dejado a todos turulas perdidos, pero al que más, al que más, a Rubén. No sabría explicarlo, pero ha puesto cara como de darse cuenta por primera vez en su vida de que detrás del sexo hay algo más. Como si hubiera tenido un pensamiento unificado y hubiera visto al mismo tiempo las dos caras de una moneda. Al menos ésa es la impresión que a mí me ha dado.

Una pasada lo de la Acelga.

En todas partes cuecen habas

QUÉ película, de quién habrá sido la idea. De acuerdo, yo podía haberme opuesto, pero lo de menos era la película. Cualquier cosa me parecía bien con tal de sentarme en el sofá pegadita a Marc. El idiota prefiere la cárcel, la prefiere al fútbol, a mí, a todo. Robert de Niro con los pañales, muy fuerte. Tiene mérito mi madre: poner pañales a los viejos no es un curro agradable. Se queja de otras cosas: de lo que tarda en comer el viejo, de que repite las palabras mil veces; de los pañales, no. La Vero se avergüenza de su madre, no quería que entrara en el comedor, estaba pendiente de ella, ni miraba la película. A cada palabra que soltaba su madre, chasqueaba la lengua. Lo pasa fatal la Vero con su madre. El curro de la mía es horrible, cuidar viejos es horrible, ser viejo es horrible. No quiero hacerme vieja, prefiero morirme. Es un asco que te cuide una persona a sueldo. Don Ricardo ni siquiera sabe quién es mi madre, la llama de mil maneras: nena, monja, hermanita, mamá, tieta Rosa, Marga. Se van del tarro y lo mismo les da una cuidadora que otra. Llega, le pone el desayuno, le arregla la comida y cuatro cosas de la casa y lo saca a dar una vuelta. No la saludé, me daba vergüenza ese muermo. Disimulé, no sé si Jana se dio cuenta, seguro que sí, es muy educada y no se le puede negar, su familia es noble, tienen un título nobiliario. La madre de la Vero hace los despachos a las seis de la mañana, no la ve nadie. La Vero nunca habla del curro de su madre. Pobre, entraba con las palomitas, toda ilusionada, «hale, bonicas, pa que piquéis mientra su echan la pilícula esa». Todas las palomitas por el suelo, zasca bumba, la Vero, qué cafre, con lágrimas de rabia, «quítate el delantal al menos, ¿no?». La mujer cogiendo las palomitas del suelo, de debajo de la mesa, de detrás del sillón, y echándolas otra vez en el cacharro. «No paza na, se zopra y ya podéis picá». Jana se las comía como si no tuvieran pelusillas ni mierdecillas. Me hubiera gustado no reírme. Rosa María es asquerosa, contagia la risa y después te sientes mal. La Vero ya no dio pie con bola en toda la película. Yo tenía que haber hecho como Jana: comer, fingiendo estar interesada en la película. Eso es lo guay, la verdadera educación. Rubén se las comía a puñados porque es un bestia, no por educación. Por qué nos invita la Vero, no puede pasarse la vida así. Mira, Vero, tus amigos sabemos que tu madre limpia despachos y que es analfabeta. Tía, por favor, que gracias a ella comes. Pasamos de tu madre, de verdad, es como es y nos parece bien, iremos a tu casa si no te pones tan mal con tu pobre madre. Yo también me avergüenzo de la mía, pero no está bien, las cosas no son así, ellas tienen derecho a ser como son, todo el mundo tiene derecho a ser como es, crees que mi madre tiene más clase, pues cada día le limpia el culo y los gapos a un viejo que tiene alzheimer o párkinson. Imagínate lo de Robert de Niro, pues peor. Robert de Niro no huele y don Ricardo apesta. La has pillado alguna vez haciendo crucigramas y ya te crees que sabe más que la tuya. No los acaba nunca, los hace porque el médico le ha dicho que es bueno, pierde la memoria por lo de la menopausia. Se les descompensan las hormonas y tienen fallos en la memoria y los huesos se les llenan de agujeros, tía. Se ponen de una mala uva que no hay quien las aguante. Cada cual sabe lo que pasa dentro de su casa, en todas partes cuecen habas. La madre de Jana tiene depresiones, ¿lo encuentras divertido? No se resigna a tener un hijo deficiente. Vas a casa de Jana y mucho cuadro, mucha lámpara de cristal de roca, alfombras persas, chachas y camareras, pero a su madre no la ves. Siempre está en la penumbra o echada en la cama, zombi perdida, empastillada. Lo que sean nuestras madres, cómo se porten, no importa. ¿A ti te importa cómo es mi madre? ¿Me quieres menos por ella? No, ¿verdad? Pues a mí tampoco me importa que la tuya sea una basta. Me gusta que sea basta, me cae superbién, para que lo sepas, nunca más vuelvas a despacharla del cuarto, si lo vuelves a hacer, no voy más a tu casa. Esto de la vergüenza es muy fuerte, muy fuerte, muy fuerte. Jana se avergüenza de su hermano deficiente. Todo el mundo se avergüenza de algo, yo, ¡ja!, de toda mi familia, pero así nunca arreglaremos el mundo. Al menos Jana tiene el valor de admitirlo, se lo curra por dentro, se curra su paz de espíritu. Yo ni reconozco que me avergüenzo de lo que me avergüenzo (de la puerta de casa para dentro, de todo). Algún día tendré que enfrentarme con lo de Roger y decir con orgullo: mi hermano es alcohólico, ¿borracho?, no, tía, alcohólico, es una enfermedad. Pero, Jana, qué más dará que tu hermano se tirara un pedo delante de mí, a mí no me importa, tía, te lo juro, yo sé que es deficiente, el problema lo tienes tú, a mí me cae bestial tu hermano, no, no me asusta cuando chilla, no, tampoco me da miedo, ya sé que empieza a tener fuerza, que hay que controlarlo, pero no me importa, él es así, hay que aceptar a las personas como son, tía, ha llegado el momento de explicarte lo de mi padre y lo de mi hermano mayor, os lo explicaré a las dos, a la Vero y a ti. Si somos sinceras las unas con las otras seremos unas buenas amigas, las mejores, hay que explicar las cosas con toda sinceridad, sin acusar, sin culpabilizar, sin mandangas, yo me siento así, me gustaría esto y para arreglarlo estoy dispuesta a cambiar en esto. Diciendo cómo se siente una, lo que le gustaría y lo que está dispuesta a hacer para lograrlo, no se ofende a nadie. Vaya una mierda de tarde, Marc no ha aparecido, encima la película esa de *Despertares* te deja para el arrastre. Hoy paso de escribir, paso de novela. No me voy a poner a explicar los secretos de mis amigas, sería demasiado ofensivo para ellas. Creo que esto debe de ser lo que llaman autocensura, no entiendo demasiado. Si escribo sobre mi hermano y mi padre, ¿por qué me parece mal hacerlo sobre los sentimientos contradictorios de mis amigas? O ¿por qué no he escrito de mí, por ejemplo, «María no quería que vieran a su hermano bebido, hecho un guarro, tirado en la cama todo el día. Se avergonzaba de él y de que su padre los hubiese abandonado». ¿Por qué no escribo que a Jana le agobia salir a la calle con su hermano subnormal y que cuando pasa el autocar de minusválidos gira la cabeza? ¿Y que la Vero odia a su madre, pero le saca la pasta gansa que se gana fregando suelos? Si sentimos todo eso, ¿por qué no me atrevo a escribirlo? A lo mejor, más adelante, en otra novela que no sea autobiográfica, recordaré los rasgos de unos y otros y los distribuiré entre mis personajes desconocidos, mezclándolos. ¿Cómo llamó el Chulo a eso? Personajes redondos, contradictorios, que no se pueden encasillar en un rasgo siempre previsible: el egoísta, el abúlico, el generoso, el nervioso, el malo. De momento, no pasa nada si mis personajes tiran un poco (o bastante) a lineales. No pasa nada, jo, es mi primera novela.

La trayectoria del mísil

AYER me hice el *piercing* en el ombligo y esta misma mañana mi madre me ha pescado *in fraganti* curándomelo. ¡La Biblia en verso!

Me acompañó la Vero, pero luego no la dejaron entrar y me lo tragué yo sola. Fue de lo más *heavy*. La mujer me puso un cubito de hielo en medio de la tripa y, cuando ya no me sentía la piel, me acabó de congelar con un espray. Me enseñó la aguja, gruesa como un ganchillo, y yo estaba muerta de miedo. Ella, muy metida en su papel, no me dejaba mirar, ni ganas. Me duele bastante todavía. En realidad me duele un montón, peor que unas agujetas abdominales. Ojalá que no me dé por toser. Me hincó la aguja por dentro del agujero del ombligo, por detrás como si dijéramos, y, al ir a sacarla, se dio cuenta de que me había agarrado demasiado trozo de carne. Vi las estrellas. Estuve al borde del colapso porque la mujer, hecha un saco de nervios, remugaba para el bigote: «Caramba, hacía tiempo que no me pasaba esto a mí». No conseguía sacar la aguja y, encima, despotricaba que mi carne era durísima, que si lo llega a saber no me perfora. Total, que al final la sacó de un tirón y volvió a empezar con el *piercing*. Cuando salí a la calle, tenía tres agujeros en vez de dos. La Vero ya no estaba y me sentí un poco mal y bastante sola.

Me lo tengo que curar tres veces al día, con alcohol y una pomada de aureomicina al 3 %. El agujero superficial ya casi no se me ve, pero me imagino que por dentro aún seguirá la herida. Yo, por si las moscas, me echo un buen plastón de pomada. Esta noche me he dado un manotazo medio dormida, no sé si me picaría o qué, y he visto las estrellas. Me dijo la mujer que las molestias durarían sólo unos días, cuatro o cinco, pero que siguiera curándomelo, por lo menos, quince días más. En las orejas fue más sencillo, bueno, me dolían cuando dormía de ese lado, pero, ya ves, con un poco de alcohol se solucionaba.

Lo más fastidioso de las curas es que tengo que dar la vuelta a todo el *stud* y me da mucho repelús, porque en unas horitas ya se te ha empezado a formar costra con el agüilla que te supura. ¡Agg!

Y justo cuando estaba en lo de la vueltecita, ha entrado mi madre. ¡Qué manía tiene de abrir las puertas como si hubiera fuego en la casa! Dice que no le faltaba más que eso, pedir permiso para entrar en las habitaciones de su propia casa. Bueno, por un lado me ha ido bien, porque con el sobresalto le he dado un tirón al cacharro este y ha dado la vuelta en un pispás.

La enganchada ha sido total, para clásicos de TV. Creo que se lo ha tomado como si le hubiese puesto los cuernos con otra madre. Ha despotricado enfurecida contra la juventud, mis amigas y los hijos en general. Está de parte de todas las madres del mundo.

¡Madres del mundo entero, uníos todas!

—Si tienes una infección, procura que yo no me entere, ¿de acuerdo? En el cajoncito de la mesa del teléfono tienes la cartilla del seguro y el recetario. Te vas al médico y te apañas tú sola, ¿de acuerdo?

La he oído sonarse con mucho ruido, seguro que lloraba. Luego, unos pocos pasos lentos por el pasillo y, de sopetón, la puerta que vuelve a abrirse, pero esta vez no me ha sorprendido, ni me ha pillado en nada. Todavía estaba frente al espejo, igual que me había dejado ella, sólo que ahora me inspeccionaba los barrillos. Y va y me dice:

—Ya hacía tiempo que no nos pasaba, ¿eh?

—Sí.

—Olvidémoslo las dos, ¿vale?

—Vale.

Me ha dado un beso y me ha dicho, como siempre, que no me toque los barrillos, que me voy a desgraciar el cutis.

Yo, con la mosca tras la oreja.

Con los amigos, las reconciliaciones son guays. Con Marc, me subo a la cima del cielo. Pero con mi vieja, no sé por dónde cogerlas. Desconfío y no sé qué responder. Creo que es porque habla demasiado y, en lugar de calmarme, consigue el efecto contrario: me hincha la cabeza.

—Lo llevábamos muy bien. No importa que hayamos tenido esta enganchada. No nos reprochemos nada la una a la otra, ¿vale?

—Vale.

—A veces ocurren estas cosas. Las personas que se quieren deben tener muy clara la meta que persiguen con su relación. Mira, es como un mísil. Me han explicado que el mísil está programado para llegar a su destino, pero durante su recorrido se va desviando de acá allá, de izquierda a derecha. No importa, ya que siempre se corrige y toma la trayectoria correcta. Lo importante es que no pierde la dirección y, al final, da en el punto previsto. Llega a su destino.

Me ha gustado el símil del mísil. [En poesía, sería rima asonante; en prosa, creo que debo considerarlo una cacofonía. No olvidar corregir. También consultar si es aliteración o paronomasia o, simplemente, un cambio de letras.] Se lo han debido de explicar los de Al-Anon, porque ella no tiene tantas ideas. Pero está muy bien que haya sabido aplicarlo a nuestra situación, o sea, al terreno práctico de nuestras relaciones. Además, me ha dado una buena idea para el título de mi novela: *La trayectoria del mísil*. Por más que me desvíe, en el contenido y en la forma, sé que el objetivo ya está marcado y voy hacia él. Aunque, bien pensado, si me hiciera famosa por mi novela, puedo imaginarme a los periodistas preguntándome: «¿Es de guerra?». Mis lectores no se enterarían hasta esta página de que el título se debe a una metáfora que mi madre me ha servido en bandeja. Además, aunque el editor lo mencionara en la contracubierta del libro, algún lector de esos que merodean en las librerías podría dejarlo pasar al no atraerle un título tan bélico, y yo no me he embarcado en un tema bélico, sino en la novela de mi vida. Escribir no está tan tirado como creía; incluso encontrar un título adecuado tiene su intríngulis, porque lo bueno es que llame la atención por sí mismo, sin necesidad de muchas explicaciones. Ya me extrañaba a mí que fuera tan fácil librarse de un examen. ¡Es que, hay que ver, no te regalan nada en la vida, jolines!

Una tarde de éstas me pongo en serio a revisar mi trabajo, sobre todo después de lo que se ha enrollado el Chulo con la dichosa estructura de la novela. Para escribir una novela se ha de planificar y organizar el material narrativo con el que se cuenta. Es esencial conseguir un ritmo y no perderlo de vista en toda la novela, como si fuera una melodía de fondo. (Yo, el Chulo.)

Alba ha hecho una de sus objeciones inteligentes que a mí me ayudan a ir entendiendo cómo se escribe una novela, porque a estas alturas todavía no lo tengo demasiado claro.

—Si la novela es algo que se pretende que parezca vivo y le añadimos elementos rítmicos, perderá toda la espontaneidad y la sensación de realidad, ¿no?

Contestación del Chulo:

—Explicar una experiencia sin más no es arte ni creación, y no hay que olvidar que la novela es uno de los géneros del arte verbal. Se debe procurar que impresione la sensibilidad, provocando un placer que la historia por sí sola no provocaría.

—Pero la novela realista...

—No tiene nada que ver. En la novela realista se narran experiencias de la vida cotidiana, es cierto, pero no se limitan a un mero calco, sino que se estructuran con un tratamiento artístico. Digámoslo de otra manera: la realidad cotidiana es la excusa para trabajar y alcanzar otra realidad: la artística.

O sea que puedo escribir la historia de mi vida, siempre y cuando lo haga con arte. Lo dicho, que me voy a poner a revisar el estilo, la melodía, el lenguaje, el ritmo y no sé cuántas puñetas más que irán saliendo. Cuanto más aprendes, más cuenta te das de que no sabes nada.

Y ahora quiero dejar testimonio en mi novela de que Tito es un bestia, un oligofrénico y un imbécil. La que me ha hecho hoy, me la pagará. Esto que he escrito no pienso borrarlo ni aunque lo corrija tropecientas veces. Me ha sacado de la mochila una compresa, le ha quitado la banda protectora y la ha pegado, con las alas abiertas, en mitad de la pared de la sala de gimnasia. Abajo ha escrito: «Vuela, vuela, palomita». El de gimnasia, otro que tal, tan borde como Tito, se ha puesto a indagar que de quién era la compresa. Todo el mundo pateándose de risa a mi costa y, al final, todos a pringar la hora entera haciendo flexiones.

Marc no ha tomado partido ni por Tito ni por mí. Es por su teoría de que no es responsable de lo que hagan los demás. El Guti, que desde que lleva el pelo a lo rasta se lo tiene muy creído, me iba calentando la cabeza con que si no sabía aguantar una broma, que si era una cría, que las tías de la B están más hechas que las de la A. ¡Si será! Me han entrado ganas de llorar y todo.

En la puerta del cole me esperaba Roger con su pedazo de moto, *run run run ruuuuuun*. Al llegar a la fuente de la Rambla Nova, Tito y los otros aún tenían la boca abierta. Mi honor ha quedado lavado ante sus ojos. En casa le diría a Roger que es un cafre por meter tanta caña a la burra. Ya podría contárselo a su famoso grupito de AA's, a ver si por el mismo precio le curaban de su adicción a la velocidad. Y se lo iba a decir, pero cuando se ha quitado el casco y he visto el hoyo de su mejilla derecha, un hoyo que hacía siglos que no se le hendía, porque hacía siglos que no sonreía a fondo, he contestado, dándole un besazo, «genial, tío» a su pregunta de «¿qué te ha parecido mi sorpresa, hermanita?».

Faltaba el remate. Conociéndolos como los conozco, tendría que haberme imaginado que la cosa no podía terminar así. El remate ha sido cuando, al vaciar la mochila en la cama, me ha salido un papelito con la letra de Tito que decía: «Gracias por tus chuches». El cálculo biliar se me salía por los ojos en forma de legañas amarillas y he dado tal aullido que Sión ha saltado al tejado del patio de luces.

¡Se han comido mis chuches, todas, no me han dejado ni una nube! Ya no me queda ni una pela de la paga, ni para el día del espectador, conque hasta la semana que viene no piso ni Las Guarras.

Mal de muchos, terapia al canto

AQUEL que dijo que los peores son los conversos tenía más razón que un santo. Roger se pasa cien pueblos con su alcoholismo. Vale que convenciera a mi madre para que fuese a Al-Anón, vale que convenciera a Jaime, vale que Santi, la de la voz de *blues* y otros AA's organicen timbas con limonada en mi casa, pero a mí que me olvide, que me deje en paz. De piñón fijo, ¡ostras! Encima, pretende que vaya a Al-Anín, la asociación para los familiares más chiquitajos de los alcohólicos. Lo que siempre digo, que tendré más años que Matusalén y seguiré siendo la nena. De momento le voy dando largas porque tengo exámenes. Cuando vuelva a emperrarse, le diré que si acaso, si acaso, si acaso voy, iré con mamá y Jaime a Al-Anón.

Puede que sea cierto lo que dice Roger: que las familias de los alcohólicos también enferman. Bien mirado, no me cuesta demasiado entenderlo. Cuando él estaba tan mal, todo giraba a su alrededor: los miedos, las angustias, el dinero, el desasosiego, las conversaciones, los cuchicheos, los nervios de mi madre, el aislamiento de Jaime y el mío, todo. La verdad, era un asco de vida. Si a eso se le llama enfermar, pues sí, estábamos enfermos. Si algún día voy al grupo, lo primero que expondré será que, por la misma regla, enferman las familias del enfermo de alzheimer, drogadicción, diabetes, cáncer, parálisis cerebral, obesidad, depresión, esclerosis múltiple. Que toda enfermedad larga es una tela de araña que va envolviendo sutilmente a la familia. Y hasta me da que pensar que así sea con el fanatismo y los extremismos que van pasando de padres a hijos. (Stop, me paro aquí, aunque me saldrían mil cosas más para analizar. He aprendido lo suficiente en este oficio de escribir como para darme cuenta de que estaba haciendo una digresión.)

Para animarme a que vaya, Roger me explica lo bien que lo hace Jaime cuando pide la palabra, que ir al grupo, además de curar las manías, da soltura para hablar en público, que se aprende a escuchar con los cinco sentidos. A ver si es verdad y un día de éstos lo noto en mi madre, la primera. Este jueves Jaime expuso una teoría que, de tan chula que le quedó, pretende enviarla como una colaboración para *Et Cetera,* la revista de su facultad. Su teoría ha sido el tema de la cena.

No está mal, después de todo, y debo reconocer que Jaime es original como nadie, aunque, de haberlo oído, otros hubieran pensado que llevaba un cuelgue sideral.

—El universo tiene un olor, un tono, una vibración que, para que me entiendas, son sus señas de identidad, ¿vale?

Se dirigía a mí, que, por lo visto, soy la más dura de pelar.

—Nosotros, los capullines que vivimos dentro del universo, y que formamos parte de él, estamos siempre dándole vueltas a la cabeza, ¿vale?

—Vale.

—Pero, por muy inteligentes que nos creamos, sólo podemos pensar de dos maneras: una, en armonía con el universo, de acuerdo con su identidad, y otra, en desacuerdo.

En el primer caso nos unimos, en el segundo nos separamos, nos caemos del paraíso, ¿vale? En ambos casos, invertimos energía, ¿vale?

—Vale.

—Con esa energía se va fortaleciendo lo que pensamos. Si mucha gente piensa en algo, aumenta la energía de la cosa pensada, con el resultado de que la cosa pensada se convierte en una bolsa de energía que adquiere poder sobre cada uno de los que la han pensado. Nos contagiamos mentalmente de lo bueno y de lo malo, ¿vale?

—Puede, sí, vale que sí.

—Cuando alguien se droga o bebe para evadirse de la vida, sintoniza con una de estas bolsas de energía negativa vinculada a las adicciones y se ve impotente para liberarse de estas fuerzas, ¿vale?

—Bueno.

—Este dominio es una de las causas de que se fracase tanto para vencer la dependencia y es el principal motivo de que los individuos se unan para luchar contra las adicciones. Forman, sin saberlo, bolsas de energía positiva que les ayudan a vencer las adicciones. Es la conciencia del grupo. En términos deportivos se define con la frase «la unión hace la fuerza».

—En los deportes, puede, pero en lo demás no lo tengo tan claro. Hay un refrán que dice «mal de muchos, consuelo de tontos».

Mi bordería cae fatal a todo el mundo. A Roger lo deja sombrío, mi madre se pone a cien y no me acribilla porque va al grupo y quiere demostrarme su efectividad, que si no, ratatatatatá..., saca la metralleta. Jaime nos sale con otra teoría. Él, a lo tonto, a lo tonto, llegará a ser un buen filólogo, y si no, tiempo al tiempo.

—Eso es una trola. El refranero español está lleno de refranes que ya no sirven. Ésa será mi monografía para fin de curso. Pienso rebatir la mayoría de los refranes españoles por cínicos. Y el primero, precisamente, el que tú acabas de citar. Lo voy a transformar en «mal de muchos, terapia al canto».

—¿Os tomáis a cachondeo mi enfermedad y la de mis compañeros?

Roger me pregunta directamente a mí. Juraría que es la primera vez que habla de lo suyo como de una enfermedad. Dicen que ésa es la condición previa para curarse de cualquier dependencia: reconocer que se está enfermo y se necesita ayuda. Por tanto, tendría que haberme alegrado. Todos tendríamos que habernos alegrado al oírle y, sin embargo, ha habido un silencio denso en el que, por encima de todo, se escuchaba el anuncio de la última moda para hombres del Corte Inglés.

Para mí ha sido como si un médico estuviera dando rodeos al diagnóstico de una tos y de pronto dijera que lo que hay no es tos, sino tuberculosis. Ya no valen las componendas ni engañarse con vahos de eucalipto o jarabes de menta.

Mi madre, para desviar la atención, se ha puesto hecha un basilisco de religiosidad contra Jaime y su teoría de las bolsas de energía.

—Ya no sabéis qué inventaros para no llamar a las cosas como siempre se han llamado: el bien y el mal. Caer en la tentación o librarse de ella.

Yo, la teoría de Jaime la veo más como el rollo que nos explicó la Acelga cuando dimos a Jung en filosofía. Las bolsas de energía de Jaime serían el inconsciente colectivo. De acuerdo, ningún pensamiento es neutro. Todos van a parar a las bolsas correspondientes, inclinando la balanza de la vida hacia el bien o el mal. Tiene razón mi madre, pero Jaime y Jung también. Todo es cuestión de lengua. Como siempre, nos confunden las palabras o nosotros las tomamos por la realidad misma. Lo que pasa es que hay que tener muy claro dentro de uno qué es el bien y qué es el mal. Y aquí sí que no es el lenguaje, es mucho más complicado. Porque a veces, muchas, lo que una siente que está bien no tiene nada que ver con lo que te hacen tragar. Me refiero a las leyes, las creencias y las normas sociales, que muchas veces notas que te obligan y te retuercen por dentro algo muy tuyo.

Marc está raro, borde perdido. No le parece bien nada de lo que digo o hago. Mis reacciones, mis opiniones, mis conclusiones; para él, todo son memeces. Si se ha creído que yo soy una peonza y que voy a bailar en la palma de su mano cuando le apetezca, está muy, pero que muy equivocado.

Que no me pida que baile en la palma de su mano, porfa, Diosito lindo, haz que no me lo pida, que igual bailo y canto.

Cuando el corazón va por un lado y la cabeza por otro

MARTA y Enrique han acompañado a un grupo de niños del Ocell a ver una exposición en el tinglado número uno y a dar un paseo en golondrina por el puerto. Yo estoy griposa y me he quedado a pintarles la pizarra.

Ves a la gente por la calle y no les prestas atención, todo lo más una mirada fría y escurridiza, y a lo mejor te estás cruzando con la madre Teresa de Calcuta. Lo digo por César, el objetor. Se ha pasado la tarde enseñándoles a tocar la flauta a los niños que no han salido, con una paciencia de libro. Parecía que no había nadie, se podía oír el vuelo de una mosca. Algunos, entre ellos Silvia, no atinaban ni a sostener la flauta entre las manos, pero estaban calladitos, pendientes del flautista de Hamelín, alias César. Agustinet, que es de los más pequeños y que muchas veces hace pellas por culpa de su bronquitis, escuchaba con la cabeza hacia atrás y la boca abierta, de la que colgaba un hilillo de babas. Me he acordado del chupano de la cárcel, del pobre Miurilla que salió con la baba colgando.

Un día de éstos me parece que Marta va a pasar de Bollo y se va a enrollar con César, porque también se le cae la baba cuando lo ve.

Los del puerto han vuelto con un olor a salitre y a mar que parecía un nuevo ambientador. Un anuncio del verano, bueno, quizá sea mucho correr, ya que aún no ha comenzado la primavera.

A la salida, César se ha unido a nosotros para tomar algo. A mí me daba palo ir y me he venido directa a casa. Por el camino me he encontrado a Jana, que salía de dibujo técnico. En clase corre el rumor de que han vuelto a ingresar a su madre para otra cura de sueño. Jana tenía unos ojos como cebollas; según ella, por el astigmatismo; según yo, por llorar. Mientras la escuchaba hablar de todo menos de lo que importaba, yo pensaba en la madre de Silvia, que se ha ido tan satisfecha y presumida porque César le había dicho que su hijita estaba superatenta, mirando con los ojos como platos cómo los demás tocaban la flauta. Y no sé, se me ha ocurrido pensar que el secreto de la felicidad familiar está en aceptar todo, lo que sea, como un regalo. Supongo que hoy tengo las hormonas descontroladas a tope y por eso pienso cosas de monja.

Antes de cenar he telefoneado a Marc y hemos estado hablando un rato de lo de Tito. Ahora que se va del colegio, me arrepiento de no haber tenido mejor rollo con él. Si analizo las cosas bien analizadas, pero bien analizadas, creo que siempre me cayó gordo porque era amigo de Marc. «El deseo y los celos son dos aspectos de una misma emoción que se llama posesión, pero no amor». Eso opina la Acelga, que, aunque no se come un rosco, se supone que sabe más que nosotros.

A principios de curso no tenía ni idea del problema de Tito, nadie la tenía. Tito y el Guti eran únicos para jorobar a los profesores y hasta a las pobres monjas, que ya no hacen otra cosa en el colegio que sonreírnos por los pasillos, estar en el comedor sirviéndonos más agüita y suspirar en la capilla cuando armamos una misa de guitarras. La de religión, la única que nos queda de profesora, y la compartimos los de A y B, alucinaba por un tubo el día que apareció el Guti con la cabeza de trencitas mostaza y le soltó que Jesús nunca pondría un careto como el suyo por un simple peinado de nada. La pobre se sentó en la silla y ya no dio pie con bola. Al final, hasta hacía pucheros y todo, angelito de monja.

El Guti, con todo lo follonero que es, se mata por colaborar en el cole y, claro, se mete a la gente en el bolsillo. Tito es más escandaloso, no cambia de peinado, pero las que él monta no las monta nadie en todo el colegio.

Todavía puedo verlo a cuatro patas en la mesa de profesores, enseñando el culo:

—Coleguis, ¿os hago un calvo?

Nunca le pescaban, siempre le salían bien las coñas. Hasta el viernes, que vino al cole colocadísimo, con un subidón de *éxtasis* que era demasiado, y al hacer el calvo se le cayeron mogollón de rulas por la mesa y la tarima. Ya sólo podíamos ver eso, las pastis rodando por todas partes. Ni siquiera el culo de Tito, arriba en la mesa, bajo la luz de neón, perfectamente centrado con el marco de la pizarra. Las magdalenas, pequeñas y chillonas, de colorines, eran lo único visible en la clase, y lo único que vieron el Pasmao y la monja de reli, que entraban a darnos cuenta de un cambio de horario entre ellos.

Se lo llevaron al despacho de la directora en pleno subidón, pero al salir ya estaba con el mal rollo del bajón y de la paranoia. Se sentó en el suelo de la portería dando arcadas y sudando a mares. Tenía las mandíbulas contraídas y cada vez que le venía la vomitera lo pasaba fatal. Se meó en los *levis*. Lo peor fue cuando entraron los de la ambulancia. La chica le miró los párpados y, sin dirigirse a nadie en particular, dijo: «Hosti, tiene un golpe de calor de órdago, bruxismo y arritmia». Después, se volvió a los profes y a las pobres monjas que estrujaban los rosarios bajo el escapulario y dijo: «Nos lo llevamos, sores; avisen a su familia».

Cuando se corrió la voz de que lo habían expulsado, nosotros, casi toda la clase, nos quedamos en el patio del colegio bastante desinflados, sin acercarnos por El Avispero, ni a la biblioteca ni a casa ni nada. Se estaba bien en las gradas, al menos parecía que Tito era todavía nuestro y hacíamos piña con él. Después, enseguida nos acostumbramos a su ausencia.

Por eso he llamado a Marc, porque le ha llevado al mercado las cosas de su pupitre y quería saber qué tal; no porque me muriese de ganas de oír su melodiosa voz, que quede claro. El padre de Tito lo ha tirado todo de golpe al cubo de desperdicios de las verduras y las frutas. «Para levantarse a las cuatro de la mañana y acarrear cajas en el borne, como hace su padre, no necesita más que brazos». Tito ha bajado la cabeza cuando Marc le ha dicho adiós.

Nos creemos grandes amigos porque somos del mismo curso y apenas sabemos nada unos de los otros. A lo peor, lo único que tenía Tito era soledad. A lo peor, lo único que quería era llamar nuestra atención y no se le ocurrió otra manera mejor de hacerlo.

Me imagino qué le pasa a Marc; para mí que cree que soy una chica superficial, de las típicas que les pasan los problemas por el forro y no se enteran de nada. Sólo con que le explicara un poco por encima lo de Roger, se quedaría más pasmado que el de ciencias, pero todavía no me siento preparada. Todavía me avergüenzo y tengo más prejuicios que compasión. A mi familia la quiero un montón y, en la misma medida, me avergüenzo de ella. Cuando el corazón va por un lado y la cabeza por otro, y no se ponen de acuerdo entre sí, se te forma una empanada mental que no te deja vivir en paz. Un auténtico asco.

Antes de meterme en el sobre, he ido al cuarto de mi madre a por las pinzas de depilar y le he visto un libro con pintas de sectario que se titula *Un día a la vez en Al-Anon.* Lo he hojeado y, bueno, tiene un pase porque te va poniendo una reflexión para cada día y a mí las citas de autores me molan desde que era un renacuajo. Pero están de lo más petardos con los grupos de alcohólicos de las narices. Mucho meterse con los mormones y los testigos de Jehová porque dan la tabarra, pero ellos hacen lo mismo conmigo. Libritos por aquí, consejos por allá, frases especiales entre ellos..., como si fueran de una secta. Ni borracha me llevan a mí a un grupo de ésos. Con ellos ya voy bien servida.

Hemos formado un equipo de estudio guay: Alba, la *superwoman,* fenómeno en todo; Rosa María, que es la buena en ciencias porque el Pasmao le tiene enchufe; el Guti, que es muy muy muy bueno en inglés y se sabe un montón de letras de canciones; Marc, que tiene fama de poeta y de empollado en literatura universal, y Jana y yo en filosofía. Enrique, la Vero y Marta para todo lo demás, como hacer fotocopias, ir a por los bocatas a Las Guarras, guardarnos sitio en la hemeroteca, inventarse recursos mnemotécnicos guays para las fechas de historia... La semana que viene empiezan los exámenes de Semana Santa. ¡Yo me libro de la lite, gracias a ti, novelita mía!

Al sentir ternura, se recupera la niñez y las caras que nos hicieron felices

AYER sábado, acompañé a mi madre al grupo. Se lo prometí a Roger mientras me arreglaba el *compact.* Me daba cosa verlo ahí, con toda la paciencia del mundo, mirando el aparato, limpiándomelo, tratándolo con tantísimo cuidado, cuando yo lo cierro y lo abro a patadas.

Por la calle me notaba extraña. ¡Un sábado por la tarde con mi madre! Hacía..., puaf, la tira de tiempo; desde que dejé de acompañarla al Pryca. En el grupo comimos una tarta de chocolate que estaba riquísima. La mujer de un alcohólico celebraba el cumpleaños del marido. Para ellos, curarse es volver a nacer y celebran el primer día que dejaron de beber como el de su nacimiento. Lo que más mola es que se escuchan unos a otros como si oyeran una revelación. Tanto da que alguien se ponga a largar borderías: ellos escuchan sonrientes. Para decir toda la verdad, nadie largó borderías, sino experiencias vividas con sus familiares alcohólicos, unas tristes y otras alegres, de todo. Días atrás, yo pensaba que los de Al-Anon debían de ser unos clónicos rayados, pero creo que ya no volveré a pensar de nadie que es un clónico rayado. Ni que es un rayado. Ni siquiera que es un clónico. Empiezo a comprender que las cosas casi nunca pecan de sencillas, jamás son lo que aparentan, y, sea lo que sea lo que te estén diciendo, es importante para quien lo dice, luego merece ser escuchado. Hablar del grupo me llevaría otra novela, y puede que la escriba más adelante. Tendría que pensar mucho en el punto de vista, quizá lo mejor sería un narrador omnisciente en tercera persona, aunque si la escribiera en primera persona, con un narrador protagonista, podría explayarme en las peripecias y ahondar en los sentimientos.

Flipas con el problema del alcoholismo. La gente, incluida yo, piensa que abundan más los drogatas y los pastilleros. Pues en el corcho tienen clavados con chinchetas mogollón de recortes de periódicos: que si el 11 % de los jóvenes de la Comunidad Valenciana entre 16 y 24 años son alcohólicos, que si la Asociación del Adolescente celebra un congreso nacional en Ibiza donde se tratará de la lacra del alcoholismo, que si el 90 % de los jóvenes que beben para subirse la moral acaban cruzando con otras drogas... Ahora ya no me acuerdo ni de la mitad, pero tela marinera con el alcoholismo.

A la salida, fuimos al Pryca a cargar para la semana. La idea fue mía. Y el próximo sábado, si voy al grupo, que lo más seguro es que vaya, le pediré a Jaime que venga con nosotras y nos ayude.

Un día de éstos, mi madre va a tener un accidente morrocotudo con el 127. Ya no se ven trastos como el nuestro. Además, conduce a trompicones. Lo lleva matado, primera y segunda por la ciudad, y tercera por la carretera. Nos hemos reído las muelas del pobre coche. Me hace gracia que lo llame «la patera». «La patera esto, la patera lo otro, la patera huele a pis». Mi madre, cuando se ríe, aún está guapa; es como si las arrugas que tiene fijas se le recolocaran mejor y le alegrasen la cara.

Llegamos las dos para el arrastre de cansadas, pero nos

liamos a charlar de los del grupo y en un santiamén, sin darnos cuenta, ya lo teníamos todo recogido en los armarios. Jaime estaba la mar de contento porque le trajimos soja germinada y alfalfa. Nos preparó una ensalada exquisita, según él. No sabía a nada, pero cualquiera se lo dice. Para compensar, me puse morada de *espetec* de Olot y pan con tomate. Cuando Roger llegó, nos fuimos al comedor cada uno con su bandeja, a ver *Informe Semanal*. Saqué la bolsa gigante de pipas Churrucas que me había metido en el bolsillo de la parka y estuvimos hasta las tantas comiendo pipas frente a la tele.

Mi madre se partía el pecho de risa por mi «atrevimiento» de robar las Churrucas del Pryca. Se ha comprado tres libros del tipo de *Vida después de la vida,* lo típico de que cuando nos morimos atravesamos un túnel y vamos hacia la luz, como en *Ghost*. Seguía con las arrugas mejor colocadas, y me recordaba a la cara de cuando yo era niña y la quería tanto. Aunque vete a saber si no será al revés y, al sentir ternura, se recupera la niñez y las caras que nos hicieron felices.

(A veces, yo misma me quedo con la boca abierta por los pensamientos tan guays que me vienen a la cabeza. ¿Será eso ser escritora?, ¿descubrir tus propios pensamientos con tanta sorpresa y expectación que sientes la necesidad de escribirlos para hacerlos más tuyos?)

Y hablando de ser o no ser escritora, ahora que tengo mogollón de materia escrita se le ocurre al Chulo explicarnos «el tiempo en la novela». Yo estaba tan feliz, sin poner fechas, huyendo de todo lo que olía a acotación temporal para que no pareciese un diario, y ahora resulta que es importantísimo eso del tiempo y que hay varias clases de tiempo. Nada más llegar a casa, he releído muy por encima el tocho este, y tengo mis dudas de si queda claro que la trama empieza en el segundo trimestre del curso, en febrero o así.

Parece mentira que no haya pensado en esto del tiempo yo sola, antes de que el megachulo lo explicara, porque hay que dejarse de cuentos chinos: a medida que vas escribiendo, te van saliendo las pegas. De repente, notas como si embarrancaras en mitad del trabajo y, una de dos, lo borras y te olvidas, o empiezas de otra manera. Pero si ya tienes las ideas claras antes de empezar y sabes echar mano de dos o tres esquemas, tiene que ser más fácil escribir, es de cajón. Como si tuvieras en la mano una tela riquísima y no supieras por dónde cogerla. Si te la dan cortada o, mejor aún, te dicen cuál es la manera más eficaz de cortarla, ya puedes confeccionar un bonito vestido a tu antojo.

A estas alturas viene el profe a explicarnos que las novelas se pueden plantear como una serie de hechos a lo largo de la vida de una, dos o diez generaciones, o como hechos sucedidos en una hora, en un día. Vale, hasta aquí estaba claro con o sin el megachulo, pero después va y aclara:

—Imaginad dos novelas, una que se desarrolla en tres generaciones y la otra en media hora. Ambas tienen el mismo número de páginas, ciento cincuenta DIN A4 a doble espacio. ¿Qué pasa?

Todos callados, incluso Alba, menos mal. Rosa María ha querido meter baza, pero el Chulo le tiene tirria y punto. Y es que todo el mundo lo pilla menos ella, que es tonta del culo. Así que el Chulo se ha respondido él mismo:

—Pues pasa que la manera de narrar ha de ser distinta en uno y otro caso. Para un largo periodo de tiempo, narraremos de manera rápida, pocas descripciones, explicaciones concisas y al grano, con frecuentes saltos temporales. En lugar de recrearnos en el momento de los personajes, haremos hincapié en las situaciones. De un capítulo al otro, transcurrirán largos periodos de tiempo. ¿Manera de indicárselo al lector? Con personajes que mueren, fechas históricas, ciudades o calles que han sido modificadas por el paso del tiempo. En el caso de un breve periodo de tiempo, media hora hemos dicho, ¿qué trucos estilísticos deberemos usar? A ver, alguno de los que están escribiendo una novela. Tú mismo, Enrique.

Enrique ha empezado a titubear, tartaja perdido, y alguien, detrás de él, ha levantado la mano. El Chulo se ha recorrido la clase en plan ídem y al llegar a la última fila le ha preguntado a Marc:

—Veamos, Marc, qué se te ocurre a ti, aunque no estés escribiendo nada.

—Pues una narración lenta, con más descripción que acción. Reflexiones de los personajes, el recuerdo, la vuelta repetida a episodios del pasado... Introspección, yo qué sé.

—Bien, bien. Te falta añadir que las partículas temporales no serán concretas, fechas, días de la semana, horas, sino que se utilizarán adverbios: *antes, aquel día*. También los ciclos naturales que enmarcan la acción. ¿Seguro que no estás escribiendo nada, Marc?

—Tengo un cuento escrito; es corto, cinco folios. El tiempo es el de un recuerdo, o lo que dura una cena, no lo tengo muy claro.

—Hombre, podrías traerlo a clase.

Me cabrea que Marc no me haya comentado nunca que ha escrito un cuento. El tío le echa un morro increíble; según él, nunca tengo motivo para picarme. Va y dice que, si es por eso, mañana mismo me lo trae y, además, dedicado. Al final, siempre soy yo la que queda como una piojosa marimandona y chinchona. Seguro que va sobre la cárcel, me apuesto una libra. No tengo un duro, conque voy a tener una libra... Este verano trabajo, lo juro, me hago *go-go* de la disco.

Después está lo de los nombres. Según el Chuleras, aunque parezca una tontería, los nombres son muy importantes a la hora de escribir una novela. Pueden incluso tener matices alegóricos... Estoy pensando en cambiar María por algo más especial, no sé, Fainory, Clariana, Constance, Valechka.

¡Pfffff! El sentimiento se volatiliza y desaparece

EL sábado pasado por la noche, Bollo y Alba estaban en El Malecón morreándose, y este sábado, ídem en Brisa Marina. Se pasan tropecientos pueblos, porque cualquiera, hasta yo, puede irle con el cuento a Marta. ¡Y yo que creía que Marta iba a ser quien plantara a Bollo por César! Me apetece una barbaridad chivárselo a Marta. Rosa María se puso furiosa, que ni mu, que es cosa de ellos y que ya son bastante mayorcitos para apañárselas con sus rollos, unos y otros. Ja, ja, me parto de risa cuando oigo sentencias de ese estilo. Si muchas veces ni siquiera los adultos logran apañárselas, qué haremos nosotros... No veas. Rosa María tendría que pasarse un ratito por mi casa. Opinaba delante de su padre como si tal cosa, como si fuera un tío más de la clase. Debe de molar eso de hablar así delante de tu padre. El señor nos dio la solución vía espejo retrovisor:

—Si Marta os pregunta algo, le contáis la verdad; si no, esperáis a ver por dónde salen los tiros.

Me ha costado dormirme pensando en cosas como que con un padre así, encima con ese Audi de ministro, cualquiera. A Rosa María no le debe de costar nada ir de mosquita muerta por la vida, tiene demasiadas ventajas. Un padre con pelas, que va de colegui, no está al alcance de todo el mundo. Es curioso, pero en cuanto me di cuenta de que lo mío era envidia cochina, me dormí y hasta se esfumó la envidia. Si tienes rabia, o envidia, o asco, y te miras el sentimiento, lo observas sin juzgarte, sin pensar de ti que eres una envidiosa o un desastre de tía, ¡pfffff!, el sentimiento se volatiliza y desaparece. Esta mañana vuelvo a ser la misma, o eso creo.

El Chuleras dice que hay metanovela cuando se habla de la novela dentro de la novela. No se trata de un libro de técnicas para novelar, sino de una novela en la que se habla de cómo se escriben las novelas en general, o de la manera en que se va escribiendo la novela que se tiene en las manos o de cómo escribe otra novela cualquiera de los personajes de una novela.

Escuchándole he sentido un alivio bestial, porque a mí lo que más palo me da en este mundo es corregir lo que ya he acabado. Me ha pasado siempre. Con los deberes, las cartas, las redacciones y hasta con las ecuaciones de álgebra. De sobra sé que muchos de los insuficientes o de los sufis que he sacado en mi puñetera vida de estudiante han sido por no mirar dos veces lo que acababa de hacer.

Así que el Chulerillas mío me estaba abriendo las puertas del cielo: si dejaba esta novela tal cual, con el mogollón de notas, dudas y comentarios que se me van ocurriendo mientras escribo, podría hacerla pasar por una metanovela y me ahorraría corregirla y releerla. Empiezo a estar hasta el tarro de la novelita de las narices. Pero después, en la copistería, como soy una gafada (de las que van a hacerse un *piercing* de dos agujeros y le hacen tres), he visto algo que me ha recordado algo y he pensado que imposible, que no puedo dejar esta novela tal cual. No daría el pego. Nadie la aceptaría como una metanovela, sino como lo que es, una novela mal escrita de una chica de tercero de BUP. Y lo que me ha pasado en la copistería es que he visto una foto de Francisco Umbral y me he acordado de un artículo suyo que salió en *El Mundo* el verano pasado y que Jaime trajo a casa para chincharme, no por otra cosa. Voy a copiar lo que «el famoso columnista» decía, refiriéndose a los novelistas: «Hay mucha pequeñita contando sus menstruos, mucha yogurina novelando sus pises, que es lo que piden en las firmas de libros las marujas ilustradas».

Pues bien, lo que yo pienso es que en la Real Academia de la Lengua Española hay mucho viejo maleducado y machista que sale en la tele hablando de pedos y de calzoncillos y ya se cree un Quevedo. Y no me extrañaría que fuesen las tres únicas condiciones que les exigen para premiarlos con un sillón, el Cervantes o el Nobel: ser viejo, maleducado y machista.

A mí, la literatura me hace soñar con un mundo especial, donde los escritores mayores son sabios, maestros de la vida y de la muerte, o sea de la experiencia, y que al hablar o escribir transmiten su oficio a los escritores jóvenes. Como debió de hacer Goethe con el joven Werther, si es que existió. O como Benito Pérez Galdós, que dicen que cuidaba las lechugas y los tomates de su huerto con la misma reverencia con que escribía los *Episodios nacionales*. O Pío Baroja, con su boina y sus zapatillas, sentado en su mesa camilla, observando el mundo en silencio. O Josep Pla, que decía las cosas más profundas como si las dijera otro detrás de él. Ya no hay de ésos, al menos por aquí; en el extranjero, no lo sé. A los escritores de ahora se les han cruzado los cables y buscan el protagonismo de las *top models;* por eso se meten tanto con ellas, por tirria. El que es sabio, si no es un cuentista, demuestra su sabiduría en todo. Y esta frase es mía, de María Delgado Muñoz. Y, de paso, me da la gana de escribir que siento mucho tener que corregir mi «metanovela», y borrar lo de antes, porque me ha quedado guay del Paraguay.

La felicidad es una actitud mental y no un asunto de acumulación. Esta frase podría ser de cualquier escritor español lleno de premios, pero es de la Acelga, la profa de filo de mi cole. Ahí queda eso.

Me da miedo lo que me está pasando: este abandono

La reina murió y luego murió el rey, es una historia. La reina murió y luego murió el rey de pena, es una trama. La cita, según el Chulangas, es de E. M. Forster, y yo digo que ni zorra de quién es ese señor y que en su casa lo deben de conocer. Sin embargo, me va muy bien para hacer un ejercicio literario aprovechando lo que ha pasado, y que voy a escribir a renglón seguido.

Hacía días que mi madre tenía el curro complicadillo porque el viejo había agarrado un resfriado que no se lo sacaba de encima ni a tiros y soltaba unos gapos que te tapaban la cara. No es que mi madre se quejara de los gapos ni de nada, pero yo me lo puedo imaginar por la ropa sucia que se traía a casa para lavar. Un cante que te echaba para atrás. Mi madre no tiene ninguna obligación de lavarles la ropa a sus jefes, pero nuestro terrado es muy soleado y desinfecta más. Yo creo que le daba lástima don Ricardo y ya está. Su hijo no se ha acercado para nada en todo el tiempo que mi madre le ha hecho de cuidadora, dos años y ocho meses. Se limitaba a pagar las cuentas y administrar su pensión porque lo había incapacitado, y eso que fue magistrado de la Audiencia.

Anteayer, jueves de Semana Santa, mi madre fue a su casa, como siempre, y se encontró el fiambre encima de la cama con las piernas en el suelo y las zapatillas puestas como si el hombre hubiera querido levantarse para ir a orinar, o hubiera vuelto de orinar y ya no le hubiese dado tiempo de quitárselas ni de subir las piernitas. El tiempo de morirse y basta.

Lo han enterrado esta mañana. En la iglesia éramos cuatro gatos: mi madre, yo, Roger, que también ha querido acompañarnos, y el hijo, un *burberrys*. De la empresa de mi madre avisaron diciendo que iría alguien al entierro, pero al ser sábado, y encima Semana Santa, se lo han pensado mejor y allí no ha aparecido nadie. Había una corona «de tu querido hijo». Mi madre le ha dejado un pomo de flores blancas en el ataúd. Me pareció que, al arrastrar el dorso de su mano por la tapa del féretro, aparecieron flores blancas por arte de magia o por milagro. Desde que escribo me fijo en los ademanes, las actitudes y los gestos, y me chifla imaginar, inventar, analizar lo que significan. O lo que quieren significar. Para que se me entienda, creo que mi madre llevaba en su mano, además de flores blancas, un gran cansancio, todo el del mundo, y que lo iba impregnando por la caja del muerto como una capa invisible de barniz.

Roger estaba serio y tranquilo. Se apunta a todo, incluso a los entierros, para no perder contacto con la realidad. Y es que debe de ser muy fuerte asumir que una buena parte de tu vida la has pasado flipado, sin enterarte de la misa la mitad.

No me gusta nada la vejez. No me meto con los viejos, uno por uno, pobrete don Ricardo, sino con la vejez en general. No me gustaría vivir tantos años, ni depender de alguien que me quite la roña y me dé la comida en la boca como si fuera un bebé. Los viejos se vuelven bebés, sin pelo, sin dientes, torpes, desaliñados, marranos, pero a nadie le hacen gracia. A nadie. Una vez leí que los niños son una bonita manera de empezar la vida, y es verdad, pero la vejez a nadie le parece una bonita manera de acabarla. Y si no, que le pregunten a ese pobre solitario que hemos enterrado esta mañana. ¿Cuál habrá sido su último sentir? Soledad, silencio, miedo y muerte.

En el cementerio hacía mucho calor y los sepultureros iban de culo por acabar. Se notaba demasiado. Mi madre le ha dado el pésame a su hijo, y para mí que debía haber sido justo al revés: el hijo tenía que haberle dicho a mi madre cuánto lo sentía por ella.

A la salida del cementerio, he vuelto la cara y he comprendido qué es eso de la paz bendita de la que hablan los adultos: muy honda y llena de melancolía. El silencio estaba presente en todos los rincones como un manto protector y se encargaba de igualarnos, a los vivos y a los muertos, a los ricos y a los pobres, a los terroristas y a los pacíficos, a los alcohólicos y a los que no lo somos. Son cosas que no se pueden expresar con palabras. Te basta con sentirlas y, si las sientes, nadie te puede convencer ya de que no son reales. Jaime ha venido a buscarnos en la patera y nos hemos vuelto todos juntos a casa.

Dentro de un rato, iré con mi madre a Al-Anón. Desde que voy al grupo no me cabrea que Marc se pase las tardes del sábado en la cárcel. Si yo no dejo de estar colada por él, aunque me interese por el rollo este de la dependencia del alcohol, ¿por qué no le ha de pasar a él lo mismo conmigo, por muy colgado que esté con el talego?

Aunque parezca que me he ido por las ramas, la cita de E. M. Forster, con la que he empezado, viene muy a cuento en este capítulo. Si yo digo: «Se ha muerto el viejo que cuidaba mi madre», es una historia, pero si yo digo: «Se ha muerto el viejo que cuidaba mi madre y mi madre está muy triste y encima tiene que cambiar de viejo», y lo amplío con todo lo que ya he escrito antes, es una trama como una catedral, ¿no?

Yo creo que lo he conseguido; he conseguido una buena trama, al menos desde el punto de vista de la protagonista. Pero ahora voy a ser más osada y voy a escribir los sentimientos del pobre hombre momentos antes de su muerte. Así me iré entrenando en profundizar en otros personajes. Un viejo que no he visto más que dos o tres veces, es más que suficiente para una aprendiz de escritora como yo. A la hora de corregir, me pensaré si dejo la secuencia del entierro o la del viejo en la soledad de su dormitorio.

«La ropa no abriga, pesa. Asunción me pone mantas y mantas para que no me enfríe de noche, y lo único que consigue es agobiarme. Siento el frío en los huesos, dentro de los huesos. Quisiera explicárselo con dos o tres palabras, pero no logro hilvanarlas. Tanto ella como el médico creen que estoy mejor de mi bronquitis, pero yo sé que se muere de la última enfermedad y esta de ahora es mi última enfermedad. En vano miro fijamente los ojos de Asunción para dárselo a entender; ella sólo está preocupada de recoger con la cuchara los restos de sopa que me resbalan por la barbilla. Cree que si como es buena señal, al menos por el momento. Hace su trabajo pulcramente, cambia mis ropas, me lava, guisa, me acompaña de paseo, me pone la tele. Incluso, a veces, desinfecta mi dentadura con bicarbonato y limón. Quisiera ver a mi hijo, que viniera antes de que sea demasiado tarde. Mañana haré un esfuerzo y le pediré a Asunción papel y bolígrafo. Le escribiré unas letras, tanto da si el párkinson hace de las suyas, ella sabrá corregirlo. A veces, la oigo hablar por teléfono con alguno de sus hijos, con Roger sobre todo, de la piel de Barrabás; Jaime, que me parece que es un mariquita no apto para la mili, y la chiquilla díscola, malcarada, una criatura mimada e insolente como suelen ser las mozas en estos tiempos. Asunción remuga por el piso, habla sola, suspira, se suena, quizá solloza. Aunque me ignora, yo le presto más atención que a la COPE que todas las mañanas me obliga a escuchar, porque todo, absolutamente todo lo que viene de ella, lo agradezco como un regalo de compañía. Ha olvidado cerrar la ventana de la cocina y golpea contra la falleba. El viento siempre me ha despertado; pocas cosas cambian a lo largo de la vida, como no sea las personas que hemos conocido y que se han ido para siempre y, aun eso, seguramente es una consecuencia de vivir tanto. No me da miedo la muerte; me da miedo lo que me está pasando: este abandono, sentirme olvidado, no tener fuerzas, ser un estorbo. Creo que me levantaré a cerrar esa ventana. Lo último que hace Asunción, antes de darme ese beso suyo en la frente, es poner mis zapatillas muy juntas al pie de la cama. Aquí están. ¿Cómo saber si el beso de Asunción no es una tarea más para ella, igual que la de proveerme de copos de avena o de sentarse conmigo a ver el telediario de las nueve? Es el único beso que recibo desde hace dos años y ocho meses, el único roce de labios que se acerca hasta mi almohada. Lo espero desde el primer día, verano e invierno, desde el primer día. Lo prepara en lo alto con un envaramiento de su cuerpo regordete, después se alisa la falda y veo sus manos rojas y brillantes. Carraspea y, entonces, es cuando yo cierro los ojos y aguardo la suave, cálida, ventosa en mi frente. Luego se aleja hacia la puerta, y antes de apagar la luz y decirme: "Hasta mañana, don Ricardo, que duerma usted bien", se cerciora de que todo esté en regla: el vaso de agua, el móvil recargado, el orinal, las zapatillas muy juntas, la bata a los pies de la cama. Yo sigo con los ojos cerrados. Tengo miedo de abrirlos y de ponerla nerviosa. De que adivine que todo este tiempo, de la mañana a la noche, solamente he esperado su pequeña y rápida bendición, y me la retire. A los viejos se nos castiga con casi todo. Dicen que con las monsergas nos debilitamos, que perdemos fuerza. Puede, puede, ya que lo único que me apetece es permanecer inmóvil junto al beso. Voy a cerrar esa ventana, ajá, aquí están las zapatillas. Sí, mañana le garrapatearé una nota a mi hijo. Cuando pase este ataque de tos me levantaré. Lo malo de levantarme ahora es que, cuando vuelva a la cama, no estará Asunción para taparme de nuevo y me faltará su beso... Aquí están las zapatillas. Vamos allá» [1].

[1] Adiós, querida novela; espérame en el disco duro hasta después de los exámenes. Te estoy muy agradecida porque me libro del de literatura, pero tengo pánico de la física, la química y las ciencias. Me he recreado en el vocabulario científico, me chiflan las palabras nuevas y todo me sirve para escribir, pero los problemas..., caca de la vaca.

Siento tristeza, tenue, pero la siento

ESTOY bastante orgullosa por el resultado de los exámenes. Dos notables altos, y lo demás, bienes. Quizá podría haberme esforzado algo más y sacar un sobresaliente en filosofía, o un par de notables más en lugar de tantos aprobados. De todas formas, a lo hecho, pecho. No pienso perder mi tiempo con remordimientos. Después de todo, no hace falta ser la número uno, como Alba, si para conseguirlo tienes que empollar hasta quemarte las pestañas. Bueno, para ser sincera, y sólo para ser sincera, sí que me gustaría, ¡y mucho!, dar la talla como Alba. No es malo admirar a una persona, ¿no? Pues lo voy a escribir: María Delgado Muñoz admira a Alba de Bessa Palavecino.

Estos días atrás, mientras estudiábamos todos juntos hemos hablado de Tito. Quizá con un poco más de interés por nuestra parte se hubiera animado a estudiar y a quitarse del mal rollo de las pastis. La Vero y Enrique, que iban fatal en casi todas las asignaturas, se han sacado bastantes. Dicen que se lo deben a la cuadrilla, que hemos hecho mucha piña con ellos. Es guay que entre nosotros reconozcamos lo que hacemos unos por otros. A la Vero le he dado mil clases particulares, hasta por teléfono. Cuando mi madre reciba la factura de la telefónica, va a montarme una de órdago. Se sabe de memoria los números de teléfono de todas mis amigas.

Ya tiene una nueva jefa. Es una viejecita *fashion popelín,* de las típicas que van oliendo por ahí a perfume de violetas y pastillas juanolas. Lleva el pelo todo rizadito, casi rosado de tan blanco. Camina arrastrando los taconcillos y crujiendo. Ella se ríe de sí misma y dice que es ruido de rosarios, que como de joven no rezaba, ahora se lo están recordando constantemente. Va toda coqueta con su vestidito de margaritas y un semanario de pulseras de oro que le tintinea, porque no para quieta. Sus manitas me recuerdan a las garritas de un periquito. Mi madre le pinta las cejas, porque es tan presumida que no sale si no es maquillada y, como no ve tres en un burro, el primer día se la encontró con cuatro cejas en la frente, las suyas, cuatro pelines blancos y las marrones que se había pintado con el Margaret Astor para que la nueva cuidadora a domicilio la encontrara guapa, joven y moderna. La mujer se ve en bastante buen estado, pero se conoce que tiene incontinencia y se orina donde le pilla. Toma cada día tres pastillas de Ditropán, que son azules. La faena para mi madre es disimularlo, porque a doña Aurelia (se llama así, no me lo he inventado yo) le da mucho corte orinarse y le echa la culpa al gato, a la botella de agua mineral, al ficus del suelo que se ha regado demasiado, al chico del supermercado... A mí me cae bien, me da dinerito y me dice: «Toma, monina, para chuches bien guays», haciéndose la que está al loro de todo.

No creo que pueda hacer el voluntariado en Ocell como había planeado. Si quiero reunir pasta para el *Doctor Music Festival* del verano, tendré que trabajar a destajo. Soy muy capaz de apuntarme a estibadora en el puerto; lo que sea con tal de ir al *Doctor.*

Y eso que en Ocell flipo. La semana pasada preparamos dos monas. Está chupado. Algunos niños, y sobre todo el hidrocéfalo que siempre se ríe, se metían el dedo en la nariz y hacían albondiguillas a la vez que amasaban las monas. Enrique se puso enfermo, casi vomita la primera papilla. La directora, que pasaba por allí y de una ojeada pilló la película, se llevó a Enrique a un rincón y se cachondeó:

—¿Tú apostarías a que el pan que te comes tiene sólo miga?

—Hombre, apostar, apostar, no.

—Pues eso.

Silvia no ha hecho albondiguillas. Es monísima, limpia y educada. Bueno, educada es un decir, porque ahora tiene la manía de pisar a todo quisque con quien habla. Te mira a la cara, te pone el pie encima y te da conversación. A mí, a su madre y a la directora si hace falta. Yo, como si no me enterara. Vete a saber qué pasará por su cabeza... y por la del hidrocéfalo, que lleva tres operaciones y, a pesar de eso, cada día se ríe más.

Marc sigue estando raro. Él me dice que no, que no le pasa nada, que son manías mías, pero como excusa no cuela porque ya han pasado los exámenes.

César y Marta han ligado. No hacía falta que me lo dijeran porque se veía venir. Siento tristeza, tenue, pero la siento. A mi alrededor se forman las parejas, cambian, se vuelven a formar, y no sé si está bien o está mal. Si da felicidad o la quita. Quizá dependa de los esquemas mentales que tengas. Una sabe que un día u otro lloverá y se mojará, pero no va por ahí haciendo quilómetros para encontrarse con la lluvia. Pues así veo yo el asunto de las parejas. Si buscas a ciegas, te llevas un montón de cortes hasta que encuentras al tuyo, y puede que te canses antes de tiempo. En cambio, si esperas sin empujar, convencida de que el mejor para ti caerá cuando tenga que caer, seguro que te cae cuando menos te lo esperas. Por eso me daría tanto palo que Marc y yo rompiéramos. Yo he apostado por él, que es mi premio gordo.

Y, aunque no me lo planteo, porque no hace tanto que cumplí los diecisiete tacos y tengo toda una vida por delante, me gustaría que lo nuestro durara para siempre.

Nos hemos comido la mona en Salou. Los bonitos y baratos ya empiezan a recorrer las playas. Si los miras desde la arena, tienen una estampa majestuosa, recortada contra el cielo y el reverbero del mar. Tan altos, tan flacos, con su larga chilaba de colores chillones. El grupo se metía conmigo porque practicaba el racismo positivo y, en vista de eso, nadie les compraba ni un puto colgante. Me he apartado de todos. Necesitaba escuchar el mar, sentirlo llegar a la orilla con sus lengüetazos mansos, más antiguos que el mundo.

Últimamente, cuando estoy con el grupo, me dan ataques de soledad. En un punto de la conversación o de las bromas, miro a mi alrededor y me noto alejada de ellos. Como si una parte de mí hubiera caminado mucho y me esperara en algún lugar vaporoso al que voy aproximándome, pero al que no he llegado del todo.

Por el acantilado ha aparecido un bonito y barato que bajaba hasta la arena con lento caminar de pastor. Lo he llamado y me ha enseñado su panel de amuletos, de relojes, de colgantes, de gafas. Yo iba preguntándole el precio y nunca tenía bastante para comprarle algo. Al final le he dicho: «Lo siento, no tengo dinero». El negro ha sonreído y me ha dicho: «Muy mal». Se ha sentado junto a mí y era como si su piel azul y sus ojos inquietantes trajeran el ocaso porque en ese momento el sol se agazapaba tras el cabo. Me ha contado que en invierno trabaja en el campo de Lérida o de Gerona y en verano hace la playa. Saca lo justo para comer. Le he comprado un «colganto de la suerto». Mientras le veía alejarse por la playa, deteniéndose al paso entre los turistas nórdicos de la tercera edad, pensaba en mí, joven blanca, vendiendo artilugios de mi país en una ciudad de negros. Pensaba en eso y mi racismo positivo se iba transformando en otra cosa mucho más profunda que me empujaba a aceptar a todos los seres humanos de esta tierra.

Y me junté otra vez con el grupo.

Cambiando de tercio, en la playa nos hemos empezado a animar con el *Doctor Music* de este verano. Alba lo ha pescado en la www.doctormusic.com. Será a primeros de julio y anuncian dos carpas *dance, chill-out,* carpa Internet, zona *adventuring, forum ONG's,* y actuarán, que se sepa de momento, los Beastie Boys, Bob Dylan, Pulp, The Verve, Rosendo, Portishead, Garbage, The Corrs, Cradle of Filth, Deep Purple, A Palo Seko, Berzas, Stuck Mojo y muchos más. Bueno... ¡Bueno! ¡Bueno! ¡Buenooooo! Esta vez sí que te cagas. Si no me dejan ir, prometo solemnemente renegar de mi alcohólica familia para siempre jamás. Amén.

Ahora en serio: tengo que encontrar un trabajo. Dicen que el DOC, la moneda del festival, valdrá 200 pesetas. Necesito dinero, pero ¡ya!

Roger todavía lleva en la burra la pegatina que le dieron en el *Doctor* de hace cuatro años. Dice «PAF» con unas letras la mar de estrambóticas. Son siglas antisida: Preservativos, Abstinencia, Fidelidad. Entonces se hacía más caso del sida que ahora. Al principio mucho cague, mucho lazo rojo y mucha información, pero luego por un oído entra y por otro sale. Al final te acostumbras a los niños hambrientos, a los de Chernobil, a los *hooligans* y a la destrucción de la capa de ozono. Incluso los políticos dejan de hablar de estos temas, que son los únicos que importan, y cuando los sacan a relucir se tachan unos a otros de demagogos, que se conoce que es un insulto terrible para ellos porque enseguida agachan las orejas y se callan. O hablan de su banderita, o se cabrean con el de la oposición porque ha dicho una parida contra su banderita. Razón tenía Antonio Flores cuando compuso su canción de «Sólo le pido a Dios que la guerra no me sea indiferente», porque hasta la guerra nos importa un rábano cuando dura más de una semana. Si este año voy al *Doctor* y consigo una pegatina de PAF, de los emigrantes africanos o de lo que sea, me la pegaré en el carpesano de filo del año que viene. Jo, qué fuerte, ¡COU!

Después, cada uno de nosotros irá por su camino, cada mochuelo a su olivo, y pronto nos olvidaremos unos de otros. Como les ha pasado a Roger y a Jaime.

Pero hoy disfruto con mi piel enrojecida por el sol. Ha sido un día maravilloso. No tendremos muchos más como el de hoy. Creo que empezamos a ser todos conscientes de ello. Por eso aprovechamos hasta el tuétano los momentos de estar juntos. Porque, como dice la Acelga, «los momentos son irrepetibles y lo contienen todo».

Donde hay dolor es un lugar sagrado

ROGER está dentro del túnel, de su túnel.

No ha sido por exceso de velocidad, imprudencia o alcohol. Ni siquiera había recaído en la bebida.

Los testigos aparecen como hongos en el pasillo del hospital. Preguntan, dan su opinión, se interesan. Se ponen al servicio incondicional de la familia, por si han de declarar algo en el atestado. Supongo que es inevitable y, en cierto modo, es bueno, pero a mí tanta condolencia apelotonada me hace sentir como si estuviera en un pozo de lodo y me echaran más paletadas. Me hunden y me ahogo.

Las declaraciones coinciden todas. Roger aguardaba tranquilamente en el semáforo con una de sus larguísimas piernas en el suelo y el gas de la burra al ralentí. En la parada del autobús bajaron dos chicas y se pararon en el bordillo, hablando y riéndose; se supone que esperaban a que el semáforo de peatones se pusiera verde. Mi hermano arrancó como Dios manda, con la luz verde para vehículos. Ellas, no sé de qué me irían, van y cruzan en ese momento. Vacilaron en mitad del cruce y Roger frenó en seco, pero no pudo dominar la máquina y se les echó encima. Mi hermano y las dos chicas salieron por los aires. Al caer, la moto aplastó el morro de un Panda que estaba aparcado allí.

Nos dieron la noticia dos policías nacionales. Era la

hora de comer, mamá estaba enredando en la cocina y yo hacía llamadas telefónicas. Una vez más, se cabreó conmigo porque no abría y, una vez más, pasón total por mi parte. Oí voces en el recibidor y le dije a la Vero que iba a cerrar la puerta, que mi madre estaba en plan coñazo. La cerré y volví al sofá. Sión saltó de la silla al ficus y del ficus al aparador (como si fuera de noche, como si se hubiera quedado solo en casa). Dos siluetas rígidas tiñeron de gris plomo el cristal esmerilado de la puerta del comedor. Mi madre la abrió de par en par, con la mirada puesta en los dos policías, y, sin dejar de mirarlos, ajena a su cerebro, a su corazón y a su consciencia, como el eco repite sonidos terribles y palabras alegres o insulsas, dijo:

—Oye, nena, María, estos señores han venido a decirme que tu hermano ha tenido un accidente y que me llevan al Juan XIII.

Nos acompañaron hasta la unidad de cuidados intensivos del hospital. Salió un médico con bata verde y la mascarilla arrugada en el cuello y nos dijo que había que esperar: «Hay que esperar». Continuó en plural mayestático diciendo que contaba el minuto, uno a uno; cada minuto que pasara era una buena señal, pero no nos daban esperanza. No obstante, habían visto milagros inexplicables. A medida que se alargara la espera, nos irían informando. Después se dirigió a Jaime como si tuviera la culpa de todo:

—Llevo muchos años en esta unidad y mi conclusión es la siguiente: todo lo que no sea conducir un todo terreno a treinta por hora es un riesgo, un maldito riesgo.

Jaime vino a sentarse junto a nosotras y apoyó la cabeza en la humedad de las paredes vacías.

Esperamos, esperamos, esperamos. Día y noche esperamos. Nunca el tiempo había sido tan concreto y, a la vez, tan impreciso.

Hace diez días que está en coma. El diagnóstico es grave: traumatismo craneoencefálico y un pulmón encharcado. Las chicas sólo sufrieron contusiones y alguna rotura de costillas.

Dos veces al día, a la una y media y a las siete y media de la tarde, los médicos nos dan el parte y, luego, nos permiten entrar a verlo. Jaime y yo nos turnamos, según el horario de nuestras clases. Mamá se queda todo el día y entra las dos veces a verlo.

La visita a mi hermano consiste en lo siguiente: el médico nos dice que no hay cambios, que no se aprecian señales de mejoría, pero tampoco de empeoramiento. Está estacionario, hay que esperar. Habla lacónicamente, desapegado, tal vez para no contagiarnos de su... ¿escepticismo? Entonces mi madre, que se ha quedado agarrada a una palabra, a un gesto, a una distensión del médico, que sólo ella ha percibido, empieza su ristra de preguntas: «Pero si usted mismo ha dicho que no hay empeoramiento, querrá decir que hay mejoría, ¿no?». El doctor la mira aturdido y contesta con evasivas: «Bueno, sí, sí, si no hay empeoramiento, en cierto modo se puede tomar así». Mi madre lo vuelve a encuadrar, quieto ahí, que no se mueva, que no se salga por la tangente, que se pringue y diga que su Roger está mejorando y de ésta sale. «Entonces, si hay mejoría, ¿por qué no lo dice?». El médico vuelve a aturdirse y contesta con la voz como enjaulada: «Bueno..., porque hay que ser extremadamente cautelosos, señora».

Mi madre, mi pobre madre, se inventa un clavo ardiendo. Se lo inventa y luego se agarra a él para no caerse en el vacío.

Entonces, sólo entonces, cuando mi madre ha vuelto las palabras y los gestos al revés, como un guante, se levanta, estira los brazos abiertos para que la enfermera le ponga la bata verde y me advierte: «Tenemos que acordarnos de que es la percha número ocho». Lo dice porque cada bata está colgada de un número. En un rincón hay un artefacto del que sacamos una mascarilla de un solo uso, y así, sudorosas, con calor por fuera y helor en las entrañas, con plomo en las piernas, con un estropajo de esparto enredado en la garganta y en la respiración, vamos caminando lentamente, sujetando el llanto, el miedo, para que no salga fuera ni un jipío, para que se quede todo dentro, enredado a los hilos estropajosos que taponan el corazón y la respiración y las tragaderas.

Después, Roger.

Todo se llena de Roger

Mi querido hermano parece un marciano, un *alien* echado en una camilla metálica, largo y desnudo.

Sus inmensos pies, sus barcas, tiernos, sin botas. Sólo una toalla pequeña le cubre la pelvis, es todo. Le han metido unos tubos de goma por la nariz y la boca y también un artefacto como una mancha de bicicleta que le sube y le baja el pecho, obligándole a respirar, con ruido de fuelle, de máquina hidráulica, de cacharro.

Ruido de miedo, de hielo, de muerte, en medio del silencio.

Roger, el cibernético.

Plásticos, sueros, gotas de orina, medicación y sangre resbalándose de unas bolsas a otras. Sangre seca en el reborde de las pestañas, en las cejas, alrededor del cráneo, que le han afeitado como cuando iba de *skin-head* por la vida.

Mi hermano mayor, quieto y blanco en la penumbra, igual que una tenebrosa figura de cera, se deja mirar sin participar en nada, según una vieja costumbre de la casa. Nosotras, plantadas allí, junto a él, recorremos con los ojos su cuerpo enflaquecido, desde las uñas de los pies a las de las manos. El vello negro, los arañazos, los cortes, las pequeñas heridas desinfectadas con yodo, la barba que crece dando señales de vida, la verruga con pelos, el lunar que le preocupaba.

A los pocos minutos, ya estoy cansada. La mascarilla me asfixia. La bata verde sobre los tejanos y la sudadera me agobia. Me canso, me harto, ya tengo bastante, y miro a mi madre, por si hace un gesto para que salgamos. Su pelo está pegado a las sienes, suda. El maquillaje le hace chorretes. Apoya en la camilla sus manos gastadas y brillantes, cerradas como si guardara monedas. Las cierra para no desbaratar nada, para no torcer uno de aquellos tubos, para no menear el goteo de líquidos o interrumpir el parpadeo luminoso de tanta máquina, por miedo a desconcertar a la mancha de bicicleta que infla y desinfla el pecho de su hijo con un soplido de globo que pierde aire. Pegadita, pegadita a la camilla, mirando lo grandón que es su hijo y sin comprender. Aún no se cree lo que ha pasado. Mira igual que miraría la vitrina rara de un coleccionista. Ya es la más bajita de casa y la más débil. Su debilidad me hace crecer, me da fuerzas, me siento alta y mujer como cuando llevo los zapatos de plataforma. En un momento se reabsorben mis miedos y mi cansancio y hablo con mi hermano mayor para que lo oiga mi madre: «Eres muy fuerte, Roger, tienes que luchar, lo estás haciendo muy bien, tío; las enfermeras, los médicos, aquí todo el mundo dice que eres fenómeno, el mejor de la planta, que eres más fuerte y más popelín que todas estas cacho máquinas juntas; que si sigues así, pronto te desenchufarán; tus amigos los AA's preguntan cada día por ti, no tienes idea de lo que te quieren, de la de cosas que explican de ti; Jaime dice que en la uni creaste leyenda, y el otro día me encontré a tu ex, la imbécil de Aránzazu, y me dijo que se había equivocado dejándote. Estas cosas hacen que farde un puñado de hermano mayor, así que lucha con todas tus fuerzas, tienes la burra arreglada, está esperándote, intacta, en el garaje. ¿Te he dicho que tus amigos, los AA's, no paran de preguntar por ti? No sabes, no tienes ni *flowers* de lo que te quieren, de lo que te queremos». A veces, sigo así hasta que la enfermera entra a avisar de que se acabó el tiempo y, levemente, empujo a mi madre hacia afuera. Por el pasillo le voy quitando la mascarilla, la bata, le arreglo el pelo pegajoso con falta de tinte, le seco los chorretes de sudor, le echo vaho en los cristales de las gafas y se las limpio. Le doy el bolso que siempre olvida en el suelo, apoyado en la rueda de la camilla.

Por las noches, quedamos los tres en encontrarnos en la sala de espera de la UCI y volvemos a casa juntos. El hospital está rodeado de campo. Escucho los grillos y huelo a heno y a una planta fabulosa que acabo de descubrir y que se llama «dama de noche». Tiene un aroma exótico, de isla del Caribe o de por ahí. ¡Lástima!, porque siempre asociaré este aire perfumado al dolor y a la muerte.

Volviendo así, los tres callados, cansados, dejando a Roger tras esa ventanita lúgubre, pálida, silenciosa y alta como una estrella muerta, me acuerdo de la frase de Oscar Wilde. La digo en voz baja, como si fuera una oración: «Donde hay dolor es un lugar sagrado».

Mi hermano en la noche.

«Todo lo que está en su sitio, está en buen sitio», nos dijo la Acelga, justamente el día del accidente de Roger, cuando aún no nos habíamos enterado. Por vez primera me falla una de las sentencias de la Acelga. Me niego a creer que mi hermano esté en buen sitio y, sin embargo, está en su sitio. ¿Qué se me escapa? ¿Qué hay que no comprendo todavía?

Nos duchamos, cenamos, cada cual se va a lo suyo. Mamá se queda en el sillón un ratito, justo el tiempo que tardan las pastillas en hacer su efecto. Después, mareada, dando tumbos, se va a dormir.

Pero no duerme. Oigo sus sobresaltos, sus llamadas al personal de guardia de la UCI: «Enfermera, perdone que la moleste, soy la madre de Roger. ¿Cómo está mi hijo? Gracias, gracias».

Cuando me levanto para ir al cole, ya se ha ido. No va al curro. Ella, que siempre nos echaba en cara que si caía enferma la casa se iría a pique, ahora ni se acuerda de la viejecita de las cuatro cejas y el vestido de margaritas. Tampoco piensa en nuestra casa, y yo, que ahora pienso a todas horas, me reprocho que a buenas horas, mangas verdes.

Ayer me llamó Marc desde la cabina de la esquina, y bajé a la calle. Estuvimos hablando un ratito. Se estaba bien, había luna, era magenta y violeta. Iba a enseñársela cuando, de pronto, pensé que podrían estar llamando de la UCI y me subí disparada. Sión fue el único que había echado en falta mi escapada. Su lomo perezoso, entre mis manos sin ganas, me hizo llorar.

Este mediodía Marc y yo nos hemos sentado en las escaleras de Hacienda; hemos hablado mucho, quiero decir que le he explicado lo de Roger, su depresión, su nula autoestima, su alcoholismo, el grupo de AA's, el nuestro de

Al-Anón, mi vergüenza de que se enterara y mi empeño en parecer superficial y despreocupada. Me ha escuchado. Me secaba las lágrimas y me besaba la punta de los dedos. No hay mucho más que escribir, excepto que no es tan duro crecer cuando cuentas con alguien.

Los días pasan, y es desesperante. Para que mamá no se desespere, le hablo mucho de la luz blanca al final del túnel y de todas esas cosas en las que cree, pero no me oye. Ni me ve. A Jaime y a mí nos mira como a extraños. Fuma mucho, quién lo iba a decir, y hasta tose. Tiene los labios transparentes y se le pegan como si le faltara agua o sangre dentro del cuerpo. Le falta vida, la de Roger. No habla y, cuando lo hace, la voz le suena seca, sin saliva, como un agudo de armonio o un silbido atravesando un hueco deshabitado, «falta pan», «habrá que traer jabón para la lavadora», «mirad si Sión tiene pienso». No está aquí, sino en un lugar muy negro y denso, todo materia, en donde no deja que entremos porque no hay ni pizca de luz.

De nada le sirven sus famosos libros del tipo de *Vida después de la vida, La muerte, un amanecer, Usted puede sanar su vida, Cómo morimos*. Nunca, nunca debí cachondearme de sus lecturas.

Estoy descubriendo que los mayores no son tan distintos de nosotros. Tienen los mismos miedos, sólo que al crecer han aprendido a disimularlos.

Si Roger no sale del coma, quiero creer que atravesará el túnel de la mano de la luz y volverá a empezar en otra dimensión. No me parece que haga mal creyéndomelo si eso me sirve. Al fin y al cabo, en esta vida de aquí todo es cuestión de creencias y, como no sabemos nada de fijo, es mejor elegir con cuidado las que nos ayudan. Puede que la vida sea eso, conseguir que tus creencias se hagan realidad.

Sería el respeto máximo de Dios hacia nuestra libertad: si no le damos cabida dentro de nosotros, nadie, ni él mismo, puede obligarnos. Pensar sí o pensar no es cuestión nuestra. Lo que la Acelga llama el libre albedrío.

Cuando el Chulo nos explicó que las novelas se clasifican en cerradas y abiertas, según tengan un planteamiento previo que se desarrolla hasta concluir, o se vayan configurando a medida que se escriben, me decidí por esta última. Como no sabía qué iba a pasar, la acabaría donde me petase y como me petase. Un relato en el que las secuencias se irían creando a sí mismas y yo sólo tendría que escribirlas. Algo así como ir asistiendo a mi propia vida. ¡Quién iba a pensar en esto, cuando me lamentaba de que en mi vida no sucedía nada interesante, digno de ser escrito!

Ahora todo me da igual, el tiempo se ha detenido, hace casi tres semanas que la secuencia es siempre la misma, no varía, y tengo miedo de que, al final, esto se convierta en una novela del absurdo.

La vida era esto; era así de inesperada, y yo no lo sabía. A la vuelta de la esquina siempre te aguarda una sorpresa. Si el principal reto de una novela es conseguir que el lector se olvide de que está leyendo una novela, nada más real que dejar ésta aquí, porque me faltan las fuerzas y la ilusión para acabarla.

Si mi hermano se queda con nosotros, la presentaré a un concurso. Me imagino leyéndosela a la cabecera de la cama. Sanando nuestra relación y la de toda la familia.

Si muere, la quemo. Digo yo que algún mísil se perderá por el camino y no dará en el objetivo.

Señal de que no había que lanzarlo.

Índice

Colección GRAN ANGULAR

1 / *Jean-Claude Alain,* **Los muchachos de Dublín**
3 / *Eve Dessarre,* **Danièle en la isla**
7 / *Luce Fillol,* **María de Amoreira**
8 / *Ch. Grenier-W. Camus,* **Cheyenes 6112**
10 / *John R. Townsend,* **El castillo de Noé**
11 / *William Camus,* **Un hueso en la autopista**
14 / *Jan Terlouw,* **Invierno en tiempo de guerra**
15 / *María Halasi,* **Primer reportaje**
16 / *André Massepain,* **Los filibusteros del uranio**
17 / *Lucía Baquedano,* **Cinco panes de cebada**
18 / *Rosemary Sutcliff,* **Aquila, el último romano**
19 / *Jordi Sierra i Fabra,* **El cazador**
20 / *Anke de Vries,* **Belledonne, habitación 16**
21 / *Willi Fährmann,* **Año de lobos**
23 / *María Gripe,* **El abrigo verde**
24 / *W. Camus-Ch. Grenier,* **Una india en las estrellas**
26 / *Willi Fährmann,* **El largo camino de Lucas B.**
29 / *Thea Beckman,* **Cruzada en «jeans»**
30 / *Jaap ter Haar,* **El mundo de Ben Lighthart**
31 / *María Gripe,* **Los escarabajos vuelan al atardecer**
32 / *Jordi Sierra i Fabra,* **...En un lugar llamado Tierra**
33 / *Anke de Vries,* **El pasado quedó atrás**
34 / *Carmen Kurtz,* **Querido Tim**
36 / *Montserrat del Amo,* **La piedra de toque**
38 / *María Gripe,* **El rey y el cabeza de turco**
40 / *María Gripe,* **Agnes Cecilia**
44 / *Käthe Recheis,* **El lobo blanco**
47 / *María Gripe,* **La sombra sobre el banco de piedra**
49 / *María Gripe,* **El túnel de cristal**
51 / *Forrest Carter,* **La estrella de los cheroquis**
52 / *Lensey Namioka,* **En el pueblo del gato vampiro**
54 / *Fernando Lalana,* **El zulo**
55 / *Carlos-Guillermo Domínguez,* **Atacayte**
56 / *Alfredo Gómez Cerdá,* **La casa de verano**
58 / *Jordi Sierra i Fabra,* **Regreso a un lugar llamado Tierra**
62 / *José Luis Martín Vigil,* **Habla mi viejo**
64 / *Albert Payson Terhune,* **Lad, un perro**
67 / *Montserrat del Amo,* **La encrucijada**
68 / *Jordi Sierra i Fabra,* **El testamento de un lugar llamado Tierra**
69 / *Helen Keiser,* **La llamada del muecín**
70 / *Lene Mayer-Skumanz,* **Barro entre las manos**
74 / *Leonor Mercado,* **Cuaderno de bitácora**
75 / *Carlos-Guillermo Domínguez,* **Sosala**
76 / *Anke de Vries,* **Cómplice**
77 / *Jordi Sierra i Fabra,* **El último verano miwok**
79 / *Jordi Sierra i Fabra,* **El joven Lennon**
81 / *Isolde Heyne,* **Cita en Berlín**
82 / *Juan M. San Miguel,* **Alejo**
83 / *Federica de Cesco,* **El caballo de oro**
84 / *María Gripe,* **Aquellas blancas sombras en el bosque**
86 / *Jan Terlouw,* **Barrotes de bambú**
87 / *John Hooker,* **El capitán James Cook**
88 / *Carlos Villanes Cairo,* **Destino: la Plaza Roja**
90 / *Miguela del Burgo,* **Adiós, Álvaro**
91 / *Andy Tricker,* **Voy a vivir**
92 / *Thomas Jeier,* **El apache blanco**
94 / *Urs M. Fiechtner,* **Historia de Ana**
95 / *Fernando Lalana y Luis Puente,* **Hubo una vez otra guerra**
96 / *Rodrigo Rubio,* **La puerta**
97 / *Alfredo Gómez Cerdá,* **Pupila de águila**
99 / *Liva Willens,* **A veces soy un jaguar**
100 / *Jordi Sierra i Fabra,* **La balada de Siglo XXI**
102 / *Fernando Lalana,* **Morirás en Chafarinas**
103 / *Gemma Lienas,* **Así es la vida, Carlota**
104 / *Josep Francesc Delgado,* **Las voces del Everest**
105 / *Emili Teixidor,* **El soldado de hielo**
106 / *Carlos Villanes Cairo,* **Retorno a la libertad**
107 / *Sheila Gordon,* **¡Ni una hora más!**
108 / *Alice Vieira,* **Úrsula**
109 / *María Gripe,* **Carolin, Berta y las sombras**
110 / *Juan M. San Miguel,* **Cerco de fuego**
112 / *Carlos Puerto,* **Akuna matata**
114 / *Sigrid Heuck,* **El enigma del maestro Joaquín**
115 / *Francesc Sales,* **Diario de Alberto**
118 / *Maite Carranza,* **La selva de los arutams**
119 / *Joan Manuel Gisbert,* **La frontera invisible**
120 / *Peter Dickinson,* **Mi madre es la guerra**
121 / *Nicole Meister,* **La historia de Mon**
122 / *Mette Newth,* **Secuestro**
123 / *Werner J. Egli,* **Tarantino**
125 / *Manuel Alfonseca,* **Bajo un cielo anaranjado**
126 / *Mercè Canela,* **Partitura para saxo**
127 / *Xavier Alcalá,* **Contra el viento**
128 / *Gillian Cross,* **La hija del lobo**
130 / *José Luis Velasco,* **El guardián del paraíso**
131 / *Mecka Lind,* **A veces tengo el mundo a mis pies**
132 / *Joachim Friedrich,* **El tango de Laura**
133 / *Lola González,* **Brumas de octubre**
134 / *Jordi Sierra i Fabra,* **Malas tierras**
135 / *Nina Rauprich,* **Una extraña travesía**
136 / *Gillian Cross,* **Nuevo mundo**
137 / *Emili Teixidor,* **Corazón de roble**
138 / *Berlie Doherty,* **Querido nadie**
139 / *José Luis Velasco,* **El misterio del eunuco**
141 / *Nacho Docavo,* **Murió por los pelos**
142 / *Ángela Vallvey,* **Kippel y la mirada electrónica**

3 / *Jesús Ferrero,* **Las veinte fugas de Básil**
5 / *Werner J. Egli,* **Sólo vuelve uno**
6 / *Lola González,* **Guárdate de los idus**
7 / *Robert Westall,* **Un lugar para mí**
8 / *John Marsden,* **Mañana, cuando empiece la guerra**
9 / *Maite Carranza,* **Frena, Cándida, frena**
0 / *Ponç Pons,* **Memorial de Tabarka**
1 / *Mirjam Pressler,* **Si llega la suerte, ponle una silla**
2 / *M. Angels Bogunyà,* **Cincuenta mil pelas por un bigote**
3 / *Berlie Doherty,* **La serpiente de piedra**
4 / *Andreu Martín,* **El viejo que jugaba a matar indios**
5 / *Carlos Guillermo Domínguez,* **Bencomo**
6 / *Sissi Flegel,* **El secreto del laberinto**
7 / *Jacques Vénuleth,* **Las piedras del silencio**
8 / *Carlos Puerto,* **Gran dragón de hielo**
9 / *Ángela Vallvey,* **Vida sentimental de Bugs Bunny**
0 / *Judy Allen,* **La búsqueda en París**
1 / *Julián Ibáñez,* **¡No disparéis contra Caperucita!**
2 / *Dennis Hamley,* **Balada mortal**
3 / *Armando Boix,* **El Jardín de los Autómatas**
4 / *Nacho Docavo,* **De vuelta a la cueva**
5 / *Jordi Sierra i Fabra,* **La voz interior**
6 / *Horacio Vázquez-Rial,* **El maestro de los ángeles**
7 / *Alfredo Gómez Cerdá,* **Con los ojos cerrados**
8 / *Eva Ibbotson,* **Adopta un fantasma**
9 / *Kazumi Yumoto,* **Tres amigos en busca de un muerto**
0 / *Anthony Horowitz,* **El intercambio**
1 / *Andreu Martín,* **Me llaman Tres Catorce**
2 / *Josep M. Beà,* **Un lugar en mis sueños**
173 / *Berlie Doherty,* **La hija del mar**
174 / *Gemma Lienas,* **¡Eres galáctica, Carlota!**
175 / *Dennis Hamley,* **Penalti mortal**
176 / *Miguel Ángel Mendo,* **La luz incompleta**
177 / *Manuel Peña Muñoz,* **Mágico Sur**
178 / *Miquel de Palol,* **La fortuna del Señor Filemón**
179 / *Carlos Romeu,* **Tristán en Egipto**
180 / *Judy Allen,* **La búsqueda en Amsterdam**
181 / *Armando Boix,* **El sello de Salomón**
182 / *Antonio Abascal Díaz Barreiro,* **Las leyes del marino**
183 / *Jordi Sierra i Fabra,* **Víctor Jara**
184 / *Jean-François Ménard,* **El vagabundo del Middle West**
185 / *Judy Allen,* **La búsqueda en Escocia**
186 / *John Marsden,* **Cartas desde el interior**
187 / *Luchy Núñez,* **No es tan fácil saltarse un examen**
188 / *Federico Villalobos Goyarrola,* **Un carlista en el Pacífico**
189 / *Barbara Ware Holmes,* **Cartas a Julia**
190 / *Joan Barril,* **Todos los puertos se llaman Helena**
191 / *Fernando Lalana,* **Conspiración Chafarinas**
192 / *Simone van der Vlugt,* **Dinero manchado de sangre**
193 / *Robert Cormier,* **En medio de la noche**
194 / *Blanca Álvarez,* **Secuestro en el Madroño Club**
195 / *Ignacio Martínez de Pisón,* **Una guerra africana**
196 / *Andreu Martín,* **Tres Pi erre que erre**
197 / *Karlijn Stoffels,* **Mosje y Reizele en el vientre de la ballena**
198 / *Nikolaus Piper,* **Félix en la Bolsa**
199 / *Joachim Friedrich,* **El círculo roto**

dición especial:

/ *Thea Beckman,* **Cruzada en «jeans»**
/ *María Gripe,* **Los escarabajos vuelan al atardecer**
/ *Fernando Lalana,* **Morirás en Chafarinas**
/ *Joan Manuel Gisbert,* **La noche del eclipse**
/ *Jordi Sierra i Fabra,* **El último set**
/ *Vicente Escrivá,* **Réquiem por Granada**
/ *Fernando Lalana,* **Scratch**
/ *Alejandro Gándara,* **Falso movimiento**
/ *Juan Madrid,* **Cuartos oscuros**
/ *Alejandro Gándara,* **Nunca seré como te quiero**
/ *Jesús Ferrero,* **Las veinte fugas de Básil**
/ *Antoni Dalmases,* **Doble juego**